神南署安積班

スカウト

1

ひどくすさんだ気分だった。

自分がずいぶんと場違いな場所にいると感じていた。

田所修二は、大きな体を縮めるように背を丸めて歩いている。スカートをひどく短くした制服姿の女子高生二人組とすれ違った。

彼女たちが自分を笑っているような気がして、動きがぎこちなくなってしまった。

明治通りと表参道の交差点。ラフォーレ原宿の前だ。ここでは、誰もがおしゃれをしている。ミニスカートの女子高生たちをはじめとして、女同士のグループが多い。

それを目当てに、男たちが街角にたむろしている。

こんなところへ来なければよかった。

修二は心底そう思った。

北海道の片田舎から上京してきて三年目。ずっと、江戸川区の小岩に住んでいた。スナックでアルバイトをして食いつないでいたが、そのバイトも先日首になった。客の嫌がらせに耐えきれず、殴り倒してしまったのだ。客はたった一発で病院送りになってしまった。

アルバイト求人誌を片手に、原宿にやってきたのは夜の七時頃だった。修二はまだ若い。二十歳になったばかりだった。若者の街原宿あたりで職を見つければ、気分も変わり、ツキも変わるかもしれない。

修二はそう考えてこの街へやってきた。

三軒回り、すべて不採用となった。二軒は誰かに先を越されていた。すでに採用してしまったと言われたのだ。あとの一軒はなぜ断られたのか、修二にもわからなかった。派手な店で、バーテンダーを募集していたのだ。おそらく見栄えがする男の子を求めていたのだろう。

修二はたしかにハンサムとは言えない。背は高いが、自分では熊のような体型をしていると思っていた。

夕食をとろうと思ったが、どこで何を食っていいのかわからない。小岩あたりなら駅前や繁華街にいくらでもあるそば屋や定食屋が見当たらない。

結局、ファストフードの店を見つけてハンバーガーをかじった。なんだかひどく虚しい気分になってきたのはその頃からだ。

夕食を食いおわると、すでに九時を過ぎていた。街が夜の顔に変わっていた。

修二は明治通りを、ぶらついていた。竹下口の交差点あたりに、若い連中が集まっている。何をしているというわけでもない。

道の向こうに階段状の広場が見える。そこに、数人ずつの若者が腰掛けておしゃべりをしている。

髪を伸ばしたり、茶色に染めた若者たちが、道行く若い女性を眼(め)で追っている。修二には彼らがなんだかひどく贅沢(ぜいたく)な連中に見えた。何の不自由もなく毎日を遊び暮らしているやつらに思えたのだ。

腹が立ってきた。

その階段広場の下で、三人の若者と二人組の若い女性が声高(こわだか)に言葉を交わしている。じゃれ合っているのかと思った。三人の男たちがにたにたと笑っていたからだ。

修二は舌打ちして通り過ぎようとした。

だが、よく見ると少しばかり様子がおかしかった。女のほうが笑っていなかった。

男たちが見知らぬ女たちに悪ふざけをしているのだと気づいた。

通行人たちは、皆知らんぷりだ。

それが、この街の流儀なのか。修二は、そう思い、歩き去ろうとした。女が何かわめいた。

男の一人が、女の手首をつかんでいた。

修二の苛立(いらだ)ちが募(つの)った。腹の底からどす黒い怒りがこみ上げてくる。こめかみのあたりに脈動を感じた。

修二は立ち止まり振り返った。階段広場に腰掛けている若者たちは、誰もが見て見ないふりをしている。どうせそのうちに収まりがつくと思っているようだ。だが、修二はそう考えなかった。

ちゃらちゃらした若い男たちにこれ以上好き勝手をやらせたくなかった。

修二は、信号を無視して明治通りを渡った。ワゴン車がけたたましいクラクションを鳴らして目の前を通り過ぎていく。

修二の怒りはさらに募った。

理由のない苛立ちと怒り。そのはけ口が今ははっきりとしている。

「何やってんだ?」

修二は声をかけた。

三人の男たちは、自分たちのことだとは思わなかったようだ。若い女をどこかへ連れていくことに夢中になっている。

たしかに、女たちは挑発的な恰好(かっこう)をしていた。一人は体にぴったりとしたパンツルックで、胸が大きく開いている。豊かな胸の谷間がはっきり見えた。髪が長い。一人はショートカットで、ものすごく短いスカートをはいていた。

修二はもう一度言った。

「おまえら、何やってんだよ」

ようやく三人のうちの一人が振り向いた。長髪の痩(や)せた男だ。野戦服のように脇(わき)にポケットがついただぶだぶのズボンをはき、シャツを重ね着している。そのシャツの裾(すそ)をだらしなく外に垂らしている。

長髪の痩せた男は、修二の爪先(つまさき)から顔までゆっくりとねめ上げた。チンピラがよくやる目つきだ。

「何だ、てめえは……」

その声にあとの二人も振り向いた。

一人は、髪を茶色に染めている。長髪の男と似たような恰好をしている。やはりズボンはだぶだぶだ。

あとの一人は、中途半端な長さの髪をわざと乱雑にかき乱したような感じにしている。膝(ひざ)の下までしかないズボンをはき、派手なチェックのジャケットを着ていた。

修二は、彼らの風体を見ているうちに、さらにむかついてきた。

「女の子、嫌がってんじゃないのか?」

「関係ねえだろう、てめえには。あっち行けよ」

長髪の男が吼(ほ)えた。

相手は三人。だが、恐怖感はなかった。胸の奥のほうから熱いものがじわじわと広がっていく。それは戦いへの期待感だ。

この三人が若い女を逃がしたくないように、修二はこの三人を逃がしたくはなかった。

怒りは、攻撃欲へと昇華していた。

喧嘩(けんか)に持ち込むのは簡単だった。ちょっとだけ刺激してやればいい。

修二は鼻で笑うと言った。

「ダセエやつらだな」

「なんだとこの野郎」

長髪の男が修二に近づいてきた。右の拳を引き、大振りのフックを修二の顔面に飛ばしてくる。

修二はよけなかった。威力がないのは素人目にもわかる。頬骨にがつんという衝撃が来た。一瞬、目の前がまばゆく光った。鼻の奥がつんとなった。

さすがに顔面に食らうとダメージがある。そのダメージが修二の闘争本能をさらに目覚めさせた。修二が無抵抗と見て、長髪の男は嵩にかかりさらにもう一発、右のフックを飛ばしてきた。

修二はいきなり前へ出た。肩口から相手に体当たりをする形になった。相手のパンチは中断した。長髪の男はよろよろと下がった。修二は左手で相手の袖をつかんだ。引きつけると、渾身の力で右をたたき込む。

パンチは顔面に炸裂した。

胸の奥でどす黒い快感が膨れ上がった。官能的な喜びに似ていた。さらにもう一発。

長髪の男は、たちまち鼻血を流した。膝から力が抜けていく。修二が手を放すと、くたりと地面に座り込んだ。そのまま両手をついた。

「……この野郎……」

茶色の髪の男が、修二の襟をつかもうと手を伸ばしてきた。修二は、相手がつかんだ瞬間に右の拳を振った。茶色い髪をした男の顔面を横から捉えた。相手はびっくりしたような顔をしたが、手を放そうとしなかった。後ろからしがみつかれた。いつのまにか、ぼさぼさの髪をした派手なジャケットの男が後ろへ回っていたのだ。

派手なジャケットの男は、修二をはがい締めにしようとしている。しかし、体格の差があり過ぎた。修二の巨体は貧弱な若者の手に余る。

修二はかまわず正面の茶色い髪を始末することにした。両手で修二の襟首を捕まえている。左右のパンチを顔面に飛ばしたが、近過ぎて力が入らない。

茶色い髪は、膝を修二の股間に飛ばしてきた。修二は腰を引いてなんとかよけた。相手の急所攻撃に、修二は熱くなった。茶色い髪の左右の肩口を両手でつかむとぐいと引きつける。同時に、額を振り下ろした。したたかな衝撃。修二の額は、相手の顔面をたたき潰していた。

茶色い髪の男は、大きくのけ反りそのまま仰向けに倒れた。

派手なジャケットの男は、まだ後ろにいる。はがい締めが無理と思ったのか、腰にしがみついている。修二は、右手を伸ばしてジャケットの後ろ襟をつかんだ。そのまま腰をひねって襟を引いた。

派手なジャケットが修二の前方に投げ出された。膝と両手を地面についている。修二は無造作にその脇腹を蹴った。サッカーボールを蹴るような要領だった。

派手なジャケットの男は、歩道に身を横たえ、身をよじった。修二はさらに一発蹴った。蹴るたびに胸の中に快感がわき上がる。どっしりとした重みをもつ柔らかい人体を蹴るなんとも言えない快感。

自分の攻撃に苦しげに身をよじる相手を見る喜び。

「おい、しっかりしろ……」

そう言う声が聞こえて、修二はようやく我に返った。見ると、長髪の男が茶色い髪の男の顔を覗(のぞ)き込んでいた。様子がおかしい。修二は、茶色の髪の男が白目をむいているのを見た。

「おい、死んじまったのかよ……」

長髪の男がおろおろした声で言った。

派手なジャケットの男も倒れたままぐったりとしている。

「目を開けろよ、おい……」

三人に絡まれていた二人の女の子は、すでに姿を消していた。

遠巻きに人垣ができている。その向こうに警官の姿が見えた。表参道のほうから二人の制服を着た外勤警官が駆けてくる。

修二の血がいっぺんに冷めた。

死んだだって？　冗談じゃない……。

修二は、気がついたときには走り出していた。

必死で逃げた。どこをどう走ったのか覚えていない。このあたりの地理はまったく不案内だ。ただ闇雲(やみくも)に走った。

並木道を通って大きな通りに出た。警官が追ってきているのではないかと何度も後ろを振り返った。

大きな通りがいったい何通りなのかわからない。わかったところで、どこへ行けばいいのかわからない。やがて、地下鉄の駅が見えてきた。外苑前と書いてある。駅へ行けば自宅へ帰る方法がわかるだろう。修二は、地下鉄外苑前駅の階段を駆け降りた。

2

「たかが街中の喧嘩だろう」

村雨秋彦部長刑事が言った。「外勤に任せておけないのか?」

「地域課では、傷害事件だと言ってるんですよ」

電話を受けた桜井刑事が言った。

「傷害事件だと? 被害者はどうした?」

「青山病院に運ばれました」

「刃傷ざたか?」

「いいえ。相手も素手だったということですが……」

「ならば、地域課に任せておけよ。こっちは手一杯だと言ってやれ」

二人のやりとりを聞いていた強行犯係の係長である安積剛志警部補は、桜井に助け船を出してやることにした。

「私が行ってくる」

村雨部長刑事は驚いた顔で安積警部補を見た。

「何も係長が出張らなくても……」

「いいんだ。おまえたちが皆複数の案件をかかえてあっぷあっぷなのは知っている。青山病院だったな?」

すでに夜の十時を回っていた。帰宅しようと思っているところへ、地域課から刑事課強行犯係へ電話が入った。

自宅は、目黒区青葉台にある。帰り道に病院に寄るくらいどうということはない。

安積警部補は、立ち上がって背広を着た。村雨が言った。

「チンピラ同士の喧嘩ですよ。強行犯係が出ていく程のことじゃない」

安積警部補はその言い方が気に入らなかった。だが、村雨に悪気があるわけではない。

「地域課の連中に恩を売っておくのも悪くないさ」

安積は自分にそう言い聞かせた。

安積は、部屋を出ると階段を下った。

出口に向かうと、一階のカウンターの奥から声をかけられた。交通課の速水直樹係長だった。

「よう、デカチョウ。今帰りか?」

「おまえさん、日勤だろう。なんでこんな時間まで残っているんだ?」

「今し方まで、暴走族（マルソウ）をとっちめていたんだ」

「とっちめていた？　まさか、白バイ隊に勧誘していたんじゃないだろうな」

「あいつらに警官はつとまらんよ。根性がない。やつら、見せかけだけだ」

「ハイウェイパトロール時代が忘れられず、ならず者を集めて速水軍団を作ろうとしているという噂（うわさ）を聞いたことがあるぞ」

「根も葉もない噂だ。その噂の出所（でどころ）はデカチョウじゃないのか？」

「私はおまえなんぞのやることに興味はないよ」

「帰るんなら、いっしょに出ようか？　その辺で一杯どうだ？」

「残念だが、まだ仕事が残っている。これから青山病院へ行かなければならない」

「デカどもはどうしてそう仕事熱心なんだ？」

「仕事熱心な者が刑事になるんだ」

「病院で何がある？」

「傷害事件だ。被害者が運び込まれた」

「ほう。面白そうだな。いっしょに行っていいか？」

「なんだ？　おまえさんも仕事熱心だな。刑事になるか？」

「冗談だろう」

3

田所修二は、アパートのドアを閉じるとようやく一息ついた。全身が汗でずぶ濡れだった。修二は、服を脱ぎ捨てタオルで上半身をぬぐった。

シャワーなどない。風呂なしのアパートだ。それでも家賃をようやく払っている。

彼は外苑前から地下鉄銀座線に乗り、新橋で山手線に乗り換えた。さらに秋葉原で総武線に乗り換えた。駅の案内板を頼りに小岩まで戻ってきたのだ。

ちくしょう。あんなやつら、どうなったって知ったことか……。

修二は、何度となく心の中でそう繰り返していた。

「おい、死んじまったのかよ」

長髪の声がよみがえった。

本当に死んだのだろうか。

まさか、ただの喧嘩じゃないか。

それほどひどいことをしたつもりはなかった。何をしたのか思い出そうとした。

あのとき、あのチャパツは、俺の胸ぐらをつかんで……。パンチが当たったのだろうか？　それとも……。

喧嘩のときは、興奮状態にある。咄嗟に何をしたのか覚えていないことが多い。

あのとき、後ろから腰にしがみつかれて……。

額がずきんと痛んだ。思わず手を持っていって、そのときに気づいた。

そうだ。頭突きだ。

頭突きを見舞うと相手はそのまま後ろへ倒れていった。あのとき、アスファルトの歩道に頭を打ったのだろうか？

しかし、それくらいで人が死ぬだろうか？

修二にはわからなかった。当たり所が悪ければ死ぬこともあるかもしれない。

修二はひどく落ち着かなかった。あんなやつらに喧嘩を売ったことを後悔した。絡まれていた女たちだって、本心ではまんざらでもなかったのかもしれない。

あのチャパツが死んだとしたら、俺は人殺しだ。

あんなやつらのために人生を棒に振ることになるかもしれない。

そう思うと、修二は、たまらなく悔しくなった。喧嘩を売ったことを悔やんだ。それよりも、原宿などに出かけたことを後悔していた。

煙草(タバコ)を吸ってみたが、いっこうに落ち着かない。修二は、台所から安物の国産ウイスキーをもってきてストレートであおった。そんな飲み方をしたことがなかったので、激しくむせてしまった。

さらにもう一杯飲む。今度はむせることはなかった。さらに一杯。

腹の中が燃え上がった。鼓動が激しくなる。しかし、気分は落ち着かなかった。酒で何かを忘れられるというのは嘘(うそ)であることがわかった。

悪酔いする予感があった。酒で気分が紛れないこともわかった。だが、飲まずにはいられなかった。

もし、あのチャパツが死んでいたら。

そう思うと、いても立ってもいられなくなった。いっそ、このまま北海道へ帰ってしまおうか。そんなことを考えた。しかし、故郷へ帰ったところで、人殺しであることには変わりはない。

自首すべきだろうか。それとも、このままじっと身を潜めているべきだろうか。

原宿には顔見知りはいない。警察は、俺のことを突き止められはしないだろう。誰一人名前を知らない。

バイトの面接のために履歴書を用意していたが、結局それを先方に渡すことはなかった。履歴書を渡す前に三軒とも断られたからだ。

履歴書を残してきたら、それが手掛かりとなったかもしれない。修二はそう思いながら、ジーパンの尻ポケットに手をやった。履歴書を入れた封筒は、そこに入れたはずだったない。

たしかに尻ポケットに入れた覚えがある。修二は両方の尻ポケットを探り、さらに着ていたジーンズのジャケットの胸のポケットを探った。

履歴書はどこにもなかった。

血が引いていくのがわかった。

喧嘩のときに落としたのだろうか？

履歴書には顔写真がついている。氏名も住所も……。警察にとってこれ以上の手掛かりはない。

修二はさらに一ロウイスキーを飲んだ。

冷静になろうとつとめた。

落ち着け。落ち着いてもう一度考えるんだ。履歴書は、本当に尻ポケットに入れただろうか？　バイトが決まらなかったので、ヤケになってどこかに捨てたりはしなかっただろうか？

なんとか自分を安心させようとした。

切符を買うときに財布を出した。そのときに落としたのかもしれない。喧嘩の現場に落としたのでなければだいじょうぶだ。

だが、自分を欺くことはできなかった。財布は右の尻ポケット、履歴書の入った封筒は左の尻ポケットに入れた。その記憶ははっきりしていた。

やはり喧嘩のときに落としたとしか考えられない。思考が最悪の方向へ傾いていった。

あのチャパツが死んでいたら、そして、その場に履歴書が残っていたら……。やがて、警察がこのアパートにやってくるだろう。そして、修二は一生人殺しの汚名を着て生きていかなければならない。

無視して通り過ぎればよかったんだ。

あんな女たちなんてどうなってもよかった。どうせ、俺には関係ない女たちだ。喧嘩の最中に逃げちまったじゃないか。

本当のことを言うと、助けた後にあわよくば酒でも飲みに誘えるかもしれないと期待していた。

だが、その期待は修二の心のごく一部を占めていたに過ぎない。女のことなんてどうでもよかった。修二はあの三人をぶちのめしたかったのだ。

苛立ちとやるせない怒りのはけ口がほしかった。

街で喧嘩するやつなんていくらでもいるじゃないか。なのに、俺だけこんなことになるなんて……。

修二はあの瞬間のことを何度も悔やんでいた。喧嘩を始めた瞬間。あの瞬間さえ来なければ、こんな思いをすることもなかった。

警官がやってくる前に、どこかへ姿を隠そうか。

だが、どこへ隠れればいいのかわからなかった。かくまってくれそうな友達はいない。北海道へ帰ったとしても、警察はつきとめるだろう。履歴書には本籍地を記してある。

とにかく、明日の新聞を見よう。死んだとしたら、新聞に載るかもしれない。

いくら飲んでも酔えないような気がしていたが、さすがに三分の一ほど残っていたボトルをあけてしまうと、気分が緩んできた。

これまで東京に出てきて、何一ついいことはなかった。ツキがなかったのだ。あげくの果てに人殺しか……。

修二の気持ちはすさんでいった。

今さらツキを期待してもだめだな。こうなれば、抵抗するだけ抵抗してやろうか……。

修二は暗い眼でそんなことを考えはじめていた。

「名前は？」

安積警部補は、病院の待合室で尋問を始めた。相手は長い髪の若者だった。鼻梁にガーゼを貼り絆創膏で留めている。

医者の話だと、鼻の骨が折れており、全治一ヵ月だということだが、安積は同情したりはしなかった。殴り合いで鼻を折ることなど珍しくはない。全治一ヵ月などと言うと大げさに聞こえるが、たいした怪我ではない。

「なんで名前を言う必要があんだよ」

若者は反抗的だった。それが恰好いいことだと思い込んでいるようだ。速水が脇でにやにやしているのが、見なくてもわかった。

速水が相手を挑発するようなことを言いだす前に、安積は言った。

「法的な措置を取るとすれば、必要になるのです。氏名、住所、年齢を教えてください」

「法的措置ってどういうことだ？　俺は被害者だぜ」

「あなたが正式に訴えるのなら、必要なのです」

長髪の若者はしばらく考えていたが、やがて名乗った。後藤定雄、十九歳だ。住所は世田谷区の成城だった。親といっしょに住んでいる。大学生だった。

「どういう経緯だったのですか？」

「絡まれたんだよ。俺たちが三人でいると、向こうから絡んできた。そしていきなりぼこぼこだよ。冗談じゃねえよ。俺たち、ただ話をしていただけなんだ」

「相手の人相風体は？」

「でかいやつだった。熊みたいな……」

「以前に会ったことは？」

「ねえよ。初めてだ」

「年齢はいくつくらいでした？」

「さあ、若そうだったよ。俺たちとタメくらいじゃねえの？」

「どうやって絡んできたのですか？」

「俺たちが立ち話してると、話しかけてきたんだよ。頭おかしいんじゃねえの」

「どんなことを話しかけてきました？」

「何やってんだ、とかなんとか……。そんなことだよ」

「正確に思い出せませんか？」

「何やってんだ？　そう言ったんだよ」

「相手は何か武器を持っていましたか？」

後藤定雄は、しばらく考えていた。思い出そうとしているのではない。どう言ったら自分の得になるか考えているのだ。それが安積には手に取るようにわかった。

「いや、素手だったよ。でも、すごく体が大きかった。ボクシングか空手をやっているかもしれない。なあ、まだ訊くことあんの？　鼻がずきずきするんだよ」

安積は後藤定雄を解放することにした。

「態度の悪いガキだな」

後藤定雄が離れていった後に、速水が言った。

「そういうことをうれしそうに言うな。獲物を狙っている狼みたいに見えるぞ」

「まさか、本当に訴えを起こさせるつもりじゃないだろうな」

「どうかな？」

「あんなかすり傷でか？　冗談だろう、デカチョウ」

もう一人、呼び出した。髪が寝起きのようだったが、よく見ると整髪料でわざとそのようにしているのだった。細い束に固めている。医者によると、こちらはあばらにひびが入っているという。これも、喧嘩では珍しくない。しばらくは呼吸をするのも痛いだろうが、どうということはない。

安積は同じ手順を踏んで、氏名、住所、年齢を聞き出した。

梶洋介、十九歳。後藤定雄と同じ大学に通っている。住所は世田谷区用賀。

「これ見てください」

彼は茶封筒を取り出した。くしゃくしゃになっている。

「何ですか、これは？」

安積が尋ねた。

梶洋介はおずおずと言った。

「相手のポケットから顔を出していたので……」

「抜き取ったのですか？」

「いや……、夢中でつかんでいたんです。盗んだわけじゃありません」

こちらのほうが、後藤定雄よりおとなしそうだった。少なくとも、虚勢を張って悪ぶったりはしなかった。

安積は封筒の中から紙を引き抜いて開いた。履歴書だった。

「あなたたちに怪我をさせたのは、この男ですか？」

安積は履歴書の写真を梶洋介に示した。梶洋介は即座にうなずいた。

「間違いないです。こいつですよ」

速水がハンドルを握っていた。彼は、車の中では、どこにいるよりくつろいでいるように見える。全身のどこにも力みがない。軽くハンドルを操っている。

だが、安積を助手席に乗せたパトカーは、速水の態度からは想像もできないような速さで疾走していた。次々と車を追い抜いていく。サイレンは鳴らしていないが、屋根の回転灯は派手に輝いている。

安積の携帯電話が鳴った。村雨からだった。

「まだ署にいるのか？」

すでに十二時を回ろうとしている。

「指示のとおり、第七方面本部と小岩署に、係長が身柄取りに向かうからよろしくと連絡を入れたあと、帰ろうとしたら、地域課の連中が女の子を二人連れてきましてね。係長が今関わっている傷害事件に関係しているとかで……」

「どういうことだ？」

「目撃者ということですが、事件に直接関わりがあるようです」

「おい、村雨。言葉に気をつけるんだ。私はまだ事件にするつもりはない」

「でも、身柄押さえに行くんでしょう？」

「そうじゃない。事情聴取だよ」

「とにかく、二人の女の子から目撃情報が取れました。病院送りになった三人は、女の子たちにしつこく絡んでいたらしいんです。それを助けに入ったのが、その何とかいう……」

「田所修二」

「そう。彼だと言うんです。先に手を出したのは、三人組のほうだと彼女らは言っています。長髪の男がまず田所修二に殴り掛かったと言っていますが……」

「わかった。ごくろうだった。おい、村雨……」

「何です、係長」

「早く帰るんだ」

「ええ。もう引き上げますよ」

電話が切れた。安積は、村雨からの連絡の内容を速水に伝えた。速水は、頬の右側だけを歪ませて笑った。

「そんなことだろうと思ったよ。それで、田所修二に会いに行ってどうする気だ、デカチョウ?」

「喧嘩両成敗だ。あの三人にも灸を据えるが、田所修二にも厳重に注意をしておかなければならない」

「厳しいな。女の子が絡まれているところを助けたわけだろう?」

「怪我をさせたのは事実だ」

速水はもう一度にやりと笑った。

「何を考えている?」

「何も。どうしてそんなことを訊く?」

「おまえがそういう顔をするときは、何かを企んでいるんだ」

「デカチョウ」

「何だ?」

「口を閉じていたほうがいい。でないと舌を噛むぞ」

速水はいきなりハンドルを切り、隣の車線に飛び込んだ。安積は、激しく揺さぶられた。

「おまえが交通安全指導をしているところを見てみたいものだな」

抗議の唸り声を上げてから、安積は言った。

4

すっかり酔いが回った修二は、もう逃げるのも面倒くさくなっていた。気が大きくなっていたせいもあり、もうどうにでもなれという気分だった。

捕まるにせよ、ただでは捕まるもんか。

どうせなら、せいぜい警察の手を焼かせてやる。

彼はそんなことを考えていた。すっかりヤケになっている。

どうせ、明日の朝刊が来るまでは何もわかりはしない。修二はそう考えて眠ることにした。すでに、午前一時になろうとしている。なんとなく、夜の間は事態が動かないような気がするものだ。

酩酊して布団をかぶったとき、ドアがノックされた。修二はどきりとした。しかし、酔いのためかそれほどの危機感がない。

「何ですか？」

修二はドアを開けずに言った。

「警視庁神南署の者です。夜分恐れ入ります。お話をうかがいたいのですが……」

さあっと酔いが醒めていった。

警察というのは、こんなに早くやってくるものなのか。

修二は慌てて脱ぎ捨ててあったジーパンをはいた。意識は醒めているが、肉体には酔いが残っており、何度もバランスを崩した。

くそっ。おとなしく捕まるもんか。

再びドアがノックされた。

「田所修二さん。ドアを開けてください」

スウェットのトレーナーを着て部屋の中で靴をはくと、窓に向かった。修二の部屋は二階建てアパートの一階だった。日が当たらない部屋だ。窓の外はすぐ隣の建物の壁になっている。壁と窓の間隔は二メートルほどだ。

修二は窓から外に出ると、隣家の壁に沿って移動し、通りへ出ようとした。

目の前に誰かが立っていた。制服を着た警官だった。

「よう。お出かけか?」

その警官が言った。修二がそこから出てくることを知っていたような態度だった。街灯で相手の顔が見えた。髪を短く刈っており、年齢不詳だが、四十歳は越えているようだ。

修二は、心に決めたことを実行しようとした。精一杯抵抗してやることにしたのだ。

エネルギーを溜めるように、膝と腰をやや曲げると、一気に突進した。肩口から相手に激突するはずだった。

しかし、あっけなく肩透かしを食らった。相手はぎりぎりまで引きつけてから身をかわした。

何かに足を取られてつんのめった。相手の警官がかわしざまに足を掛けたのだ。修二は慌てて右のパンチを繰り出した。

修二は辛うじて体勢を保った。振り返ると、相手の警官が目の前にいた。修二は慌てて右のパンチを繰り出した。

相手はそれを予期していたようにかわした。だが、反撃はしてこない。またしても相手の顔が街灯に照らしだされた。

相手は笑っていた。

もてあそばれている。修二は咄嗟にそう感じた。

東京へ出てきて以来いいことなど何もなく、その日暮らしだった。ツキもなかった。だけど、一所懸命暮らしてきた。これまで人に迷惑をかけたこともない。遊ぶ金などなかった。ただ生活するためだけに生きてきた。この警官は、そんな俺をあざ笑っている。

修二は腹が立ち、同時に泣きたい気分になった。

誰かが駆けてくる足音が聞こえた。見ると、背広姿の男だった。私服の警官に違いなかった。ドアをノックしたのは、こちらの警官なのだろう。

相手は二人、しかも警察官だ。修二に分はない。おとなしく捕まるのが利口というものだ。

だが、修二は嫌だった。

この二人に抵抗するのが、世の中へのせめてもの抵抗に思えた。

「興奮するんじゃない」

私服の警官が言った。「私たちは話を聞きたいだけだ」

その声には、奇妙な魅力があった。物静かだが力強い。包容力を感じさせる。

一瞬、その声の主にならすべてを任せてもいいかもしれないと思った。しかし、修二はその考えを頭から振り払った。それがやつらの手なのだ。そうやって安心させておいて、ひどい目に遭わせる。それが東京だ。それがこの社会だ……。

「うるせえ！　俺は簡単には捕まらない」

「勘違いしちゃいけない。私たちは逮捕に来たわけじゃない」

「そんなこと信じられるかよ」

修二はやや前傾姿勢で身構えた。いつでも殴り掛かる気でいた。

制服を着た警官のほうは完全にリラックスしている。面白がっているようにすら見えた。

その態度が腹立たしかった。

「デカチョウ」

制服を着た警官が言った。「今、こいつに何言っても無駄だよ。完全に頭に血が昇っている」

「黙ってろ。これは刑事課の問題だ」

「いや、おまえさん向きじゃない。俺の得意分野だな」

修二は興奮を募らせた。二人が自分を餌に遊んでいるような気がした。

「ちくしょう！」

本能的に修二は制服を着た警官に殴り掛かった。どう見てもそちらのほうが肉体派であり、先に倒しておかなければならないように思えた。

左足を前に運びながら右の拳を振った。パンチは唸りを上げた。

「おっと……」

制服を着た警官は、上体を捻って拳をかわした。

ボクシングも何もやったことはない。見よう見まねのパンチだ。だが、小さい頃から喧嘩には負けたことがなかった。生まれつき体格に恵まれたせいだろう。

やはり、制服の警官は反撃しようとはしない。こちらの力を測っているようだ。

修二は、また同じく右のパンチを繰り出した。それしかない。大振りのパンチだが、当たれば威力がある。修二はそれを信じてひたすら右を振り回した。

制服の警官には余裕があった。修二がパンチを繰り出すたびにぎりぎりでかわされた。けっしてまっすぐには下がらない。常に、修二の右側へ右側へと回り込んだ。パンチをそらしてその外側へ体をかわしているのだ。

修二の息が上がりはじめた。気温は低い。だが、修二はたちまち汗まみれになっていた。

「どうだ？　攻撃を続けるのは疲れるだろう」

制服の警官が言った。「それが当たらないとなればなおさらだ」

「うるせえ！」

悔しいが、警官の言うとおりだった。酒に酔ってあばれたこともあり、たちまち修二の体力は尽きていた。息が苦しく、心臓が破裂しそうだった。

それでも修二は攻撃をやめようとしなかった。とにかく相手に一発パンチを見舞いたい。それだけを考えていた。

もはや逃げようとして抵抗しているわけではなくなっていた。そんなことはどうでもよかった。一発、相手の顔面を殴れば満足だった。

呼吸が乱れ、肩が上下している。足がもつれた。これほど疲れる喧嘩をしたことがなかった。

喧嘩というのはもともと疲れるものだが、興奮や殴る快感でそれを忘れていることが多い。一方的な戦いのせいで、疲労感が増しているのだ。

今や、修二はよろよろと前へ出て、なんとか拳を振り出すのがやっとという状態だった。

「ほら、来いよ」

制服の警官が言った。「根性を見せてみろ」

修二は歯ぎしりしていた。しかし、体が動こうとしない。パンチを出しつづけるというのがどれくらい体力を消耗するか、初めて実感した。

それでも前進をやめるわけにはいかなかった。もうパンチを振り出す体力は残っていない。修二は手を伸ばして相手につかみかかった。

スタミナが切れてくると、自然に相手をつかみにいく。ボクサーが終盤クリンチを繰り返す気持ちが理解できた。だが、そこからどうしていいかわからない。闇雲に引き倒そうとした。

制服に手が届いた。だが、相手はびくともしない。急に手応え（てごた）がなくなった。次の瞬間、天地がひっくり返った。腰と背にしたたかな衝撃があった。息が詰まる。

しばらくは声も出なかった。警官に柔道の技で投げられたのだとわかったのは、しばらくしてダメージが薄らいでからだった。

体が動かない。投げられたダメージのせいというより、体力が尽きたからだった。

「もう終わりか？」

制服警官の声が聞こえた。「おまえの根性はその程度か？」

修二は、素直に敗北を認めてしまおうと思った。そうすれば楽になれる。もうパンチを振るわなくて済むのだ。

しかし、心の奥底で別な声が何かを叫んでいた。修二はその声に耳を澄ました。

負けるな。

まだやれる。

おまえはやれるんだ。

その声はそう叫んでいた。

修二は起き上がろうとした。すでに力尽きていたはずだった。しかし、ごくわずかだが、新たな力が湧いてきていた。このまま終わるわけにはいかない。そんな気がした。

せめて、一矢報いたい……。

修二は立ち上がった。

「ほう……。立ったか？」

制服警官が言った。

修二は、立つだけで精一杯だった。しかし、一歩前進した。制服警官のほうに向かって歩を進める。一歩、そしてまた一歩。

制服警官は動かない。

修二は、右の拳を掲げた。

それを相手の顔面に向かって突き出した。もう拳を振る力は残っていない。威力はまったくないはずだった。

それでもいい。

せめて一発……。

拳がゆっくりと相手の顔面に伸びていく。制服警官はよけなかった。拳が相手の頬骨を捉えた。制服警官はわずかに顔をそむけただけだった。

だが、修二は満足だった。

そのまま地面に前のめりに崩れていった。

「死んでない？」

修二は私服の警官の顔をまじまじと見つめた。

「あの、チャパツですよ？」

修二はパトカーの後部座席に乗せられていた。隣に私服の警官がいた。彼は、安積と名乗った。制服警官は運転席から体をねじって修二のことを見ていた。安積が彼を速水と紹介した。

「三人ともたいした怪我じゃない」

「でもあのとき、地面に倒れてぐったりしてたんですよ。白目をむいていた」

「一時的に脳震盪(のうしんとう)を起こしたんだ。意識を失った場合、脳に障害が残る恐れがあるので、念のため検査をした。結果は異常なかった。二人とも、入院の必要もない」

修二は、全身から力が抜けるのを感じていた。

「だからといって」

安積が言った。「暴力は感心できない」

「はい……」

「自分が犯罪者だと思ったわけだね？」

「はい、てっきり人殺しになってしまったかと……」

「それで逃げ出したのか」

「はい」

「その態度も感心できない」

「すいません」

「私はその点について厳重に注意をしに来た」

「じゃあ、俺は警察に行かなくてもいいんですか？」

「その必要はないと私は考えている。ただ、事実関係だけは押さえておきたい。どういう経緯だったか、すべて話してもらわなければならない」

修二は信じられない思いで安積を見つめた。

「それだけでいいんですか？」

「それだけでいい」

修二は何があったか、思い出せる限りのことを話した。安積は黙って聞いていた。聞きおわると、彼は懐（ふところ）から封筒を出した。見覚えのある封筒だ。間違いなく修二がなくした履歴書の封筒だ。

「これを君に返しておく」

修二は、無言でそれを受け取った。

「仕事、探してるのか？」

速水が言った。

「はい」

「どんな仕事をしたい？」

修二はどうこたえていいかわからなかった。これまで仕事を選んだことはない。働けそうなところ。それが選択の基準だった。

「別にどんな仕事でも」

「俺は、あんたを試させてもらった」

「え……?」

「おい、速水……」

安積が言った。速水は安積を無視して修二に言った。

「おまえは、女の子が絡まれているのを見てそれを助けようとした」

「本当のことを言うと、それはどうでもよかったんです。あの三人をぶちのめしたかっただけです」

速水がにやりと笑った。修二にはその笑いの意味がわからなかった。安積があきれたようにそっぽを向いた。

「その点も合格だと、俺は思っている」

「あの……、どういうことですか?」

「スカウトしようと思ってな」

「スカウト?」

「そうだ。警察官にならんか? おまえならいい警察官になれる」

修二は言葉を失った。これまでそんなことは考えたこともなかった。

「警察学校に入学しなければならない。経済的にも厳しいだろうし、やる気がなければ卒業もおぼつかない。だが、やる気があるのなら、俺が将来を保証してやろう。初任科が終了するときに、交通課を志望しろ。俺がなんとか拾ってやる」

修二は自分がそれほど悩んでいないことが不思議だった。話を聞きおわったときには、すでにその気になっていた。

もしかしたら、この速水という警察官や安積という刑事がツキを変えてくれるかもしれない。そんな気がしていたのだ。

修二はうなずいた。

「やります。警察官になります」

5

刑事の日常にどっぷりつかっていた。つまり、おそろしく忙しかったということだ。安積は、その日も九時過ぎまで署に残っていた。

速水が、二階までやってきて安積に言った。

「デカチョウ。はがきが来ているぞ」

「はがき？　誰からだ？」

「田所修二だ」

安積は一瞬誰だか思い出せなかった。速水がにやりと笑ったのを見て思い出した。

「あいつか。何だと言ってきたんだ?」

「今、警察学校に通うための準備をしていると言っている」

「本当に警察官になるんだな」

「当然だ。俺が後見人だ」

「おい、若いやつをけしかけるのはいいが、いい加減なことを言うのはまずい」

「俺はいい加減なことは言わんよ」

「たしかあのとき、おまえはこう言ったんだ。交通課を志望しろ。俺がなんとか拾ってやる……。だが、おまえに人事権はない」

「権限はないが、コネならある。俺は嘘は言わない」

安積はすっかりあきれてしまった。

「いつからスカウトを考えていたんだ?」

「最初に話を聞いたときからだ。最近の若いやつらは根性がないからな。街中で三人を相手に、一人で立ち回りを演じるなんざ、見どころがあるじゃないか」

「やっぱり、速水軍団を作ろうとしているという噂は本当なのかもしれないな」

「人材がほしければ、刑事課に回してもいいぜ」

安積は速水を見た。速水はもう一度にやっと笑った。安積は溜め息をついて言った。

「ああ。仕事熱心なやつならな」

噂

1

「やるよなあ、速水さんも……」

東西タイムスの近藤が言った。近藤は小柄でいかにも生真面目そうな記者だ。それ以外に取り得がなさそうな男だが、生真面目であることが記者として取り得かどうか疑わしいと山口友紀子は思っていた。

友紀子は東報新聞の記者で近藤とはライバル関係にある。今日は午前の記者発表でも特に注目すべき事柄はなく、記者たちは昼食までの時間を思い思いに潰している。近藤は他の二人の記者と井戸端会議をしていた。彼に言わせると、これも重要な情報交換の場なのだそうだ。

友紀子はその会話には入らず、彼らの様子をぼんやりと眺めていた。

東西タイムスの近藤は、ことさら大げさに言った。

「エンコーだって? やばいよなあ」

やばいと言いながら、本気でそう思ってはいない様子だ。

友紀子はその一言でようやく彼らの会話に聴き耳を立てる気になった。他社のベテラン記者が言った。

「六本木（ろっぽんぎ）のアイビスホテルから出てきたのを見たというやつがいるんだ。悪いことはできないもんだね。どこで誰（だれ）が見ているかわからない」

「それって、たしかな話なの？」

友紀子が言った。

とたんにその場にいた三人の男たちが三様の反応を見せた。ベテラン記者は、鼻白（はなじろ）んだ顔をして見せた。他の二人は友紀子が会話に入ってきたことを歓迎しているようだった。特に近藤は、うれしさを隠せない様子だ。

友紀子は自分の恵まれた容姿を決して否定していなかった。それだけに、振る舞いには注意していた。いい女というのはとかくやっかまれる。女から嫉妬（しっと）されるだけではない。自分は所詮（しょせん）相手にされないと思い込んだ男は露骨な嫌がらせをしたりする。

ベテラン記者が白けた顔のまま言った。

「噂（うわさ）だよ。たしかなら問題になっているさ」

白髪が目立つ。痩（や）せ型の神経質そうな男で、まだ四十代の半ばだということだが、実際の年齢より老けて見える。名前は岸田（きしだ）。中央日報（ちゅうおうにっぽう）の記者だ。この年齢でサツ回りをやっているというのが、神南署記者クラブの七不思議の一つだった。

「エンコーって、援助交際のことよね。相手は女子高生というわけ？」

「そうだよ」

近藤がにやにや笑いながら言った。「でなければエンコーなんて言わない」

このエンコーという言葉すらもう時代後れであることをこの男たちは知っているのだろうか？

友紀子は男たちの良識を疑った。売春に目くじらを立てているというわけではない。いつの時代、どんな国でも売春は行われている。だが、それを風俗のひとつとして茶飲み話にしている神経が許せないのだ。

しかも、彼らが話題にしている速水というのは、神南署交通課の速水係長に違いない。現職の警察官が女子高生買春をしたというのだ。

友紀子はもっと詳しく話を聞こうとしたが、まず岸田が食事に行くと言って席を外した。もう一人の男も、社に送る埋め草を書くと言って離れて行った。

「交通課の速水さんが、援助交際をしたって言うの？　それって問題じゃない」

友紀子は一人残った近藤に言った。近藤は相変わらずにやにやとしている。本気で友紀子の話を聞いているとは思えない。その態度に腹が立った。

「誰も確認したわけじゃない。噂だ。単なる噂だよ。でも、あの人ならやりそうな感じはしないか？」

「単なる噂で済む話かしら」

「何だったら、君、追っ掛けてみるかい？」

「そうね。悪くないネタかもしれないわね」

近藤はさっと笑顔を消し去った。

「まさか、本気じゃないだろうな？」

「いけない？」

「警官との間に波風を立てるようなことをしたら、僕たちも迷惑を被（こうむ）ることになる。取材活動に支障をきたすじゃないか。いいかい、ひょっとしたら根も葉もない話かもしれないんだ」

「火のないところに煙は立たないというでしょう」

「しかし……」

「もし事実でも武士の情けだと言いたいの？　男ならそれくらいのことがあっても仕方がないと……？」

「いや……」

「残念ながら、あたしたち女はそういうメンタリティーを持っていないの」

友紀子は立ち上がり、部屋を出た。

男たちはなんと愚かなのだろうと友紀子は思っていた。現職の警察官の買春。これはまたとないネタではないか。それをただの茶飲み話にしてしまうなんて……。

幸い追跡しなければならないような事件もない。ここはしばらく速水を追ってみよう。

友紀子はそう思っていた。

刑事課強行犯係の係長である安積警部補は、出入り口から須田三郎部長刑事と黒木和也刑事がいつもとまったく同じ様子で入ってくるのを顔を上げて眺めた。

須田が何か思い詰めたような顔でしきりに黒木に話しかけている。黒木は、背をぴんと伸ばし、足元からきっかり一メートル前の床をじっと見つめながら、無言でうなずいている。

黒木が席に戻り、須田は安積警部補の机の脇にやってきた。

「チョウさん、神宮前五丁目の強盗の件、片づきましたよ。被疑者は十八歳と十七歳の無職の少年。遊ぶ金欲しさの犯行だということです」

「片づいたって……。ならば被疑者の身柄はどうした?」

「渋谷署が持って行きました。渋谷署管内で同じ手口の事件が二件起きていて、それが彼らの犯行らしいということで……。それに、今回の事件もうちの管内と渋谷署の管内の境界線のあたりで起きていまして……」

「弱小の署はなかなか実績が稼げないということか」

須田は急に傷ついた顔になった。

この男は、刑事としては明らかに太り過ぎだ。事件が起きるたびに彼はその背景にある悲しい出来事を見つけて本気で同情する。それでは刑事はつとまらないと誰もが思うのだが、須田は立派につとめている。

安積は部長刑事の頃に須田と組んでいたことがある。最初はとてもものになるまいと思っていたが、そのうちに彼を評価するようになっていた。今ではすっかり信頼している。何より刑事らしくないところがいい。

「俺、無理にでも身柄をこっちに持ってきたほうがよかったですか？」

安積は須田に気づかれぬようにそっと溜め息をついた。

「いや、気にするな。こっちは人手不足で手一杯だ。起訴までの手続きは渋谷署に任せればいい。よその署の助っ人は、臨海署の頃から慣れっこだ。そうだろう？」

かつて、台場に東京湾臨海署という小さな警察署があった。臨海副都心構想を睨んで新設された警察署で、湾岸分署あるいは、ベイエリア分署などとも呼ばれていた。そこの花形は東京湾岸の高速道路網を疾走する交通機動隊だった。臨海署に初めて配備された３００ＧＴスープラ・パトカー隊は、走り屋たちに恐れられたものだ。

臨海副都心構想の頓挫で東京湾臨海署は、大幅に縮小され、今では交通機動隊の分駐所となっている。かつて、安積警部補をはじめとする強行犯係の面々は東京湾臨海署に勤務していた。臨海署の縮小と時を同じくして、神南署が新設されることになった。当時、原宿のあたりは荒れていた。代々木公園には連日外国人が大勢集まり、麻薬・覚醒剤の取り引きがおおっぴらに行われていたし、原宿が若者文化の中心となるにつれ、少年犯罪が増加したためだ。

「チョウさん……」

須田が声をひそめた。彼は、二人で組んでいた頃の名残でいまだに安積をチョウさんと呼ぶ。神南署で安積をこう呼ぶのは須田だけだった。「また臨海署が復活するって噂、聞きました？」

「噂に過ぎん」

「そうですよね……。でも、俺、また臨海署でチョウさんと働けるといいなと思って……」

「警察の人事はそう甘くはないよ」

「ええ、わかってますけど……。あ、そうそう、噂っていえば……」

須田はさらに安積に近づき、声を落とした。秘密を共有するときにはこういう表情をしなければならないと彼が信じているらしい顔をしている。しかつめらしい表情だ。「速水さんの噂聞きました？」

「何だ？」

「いえね……。あくまでも噂に過ぎないんですがね……。速水さんて、誤解されやすいじゃないですか」

「何の話なんだ？」

「速水さんが援助交際をしたって……」

「援助交際……？　それは若い娘を相手に買春をしたということか？」

「だから、あくまでも噂だと……」

「どこでそんな噂を聞いた？」

「記者の連中が噂しているらしいです」

「記者だって？　神南署に出入りしているサツ回りの連中なのか？」

「ええ。ふざけてますよね」

安積は眼をそらした。

「そういう噂を立てられること自体、身から出た錆かもしれんな」

「本人はそんな噂があることを知っているんですかね？」

「どうして私にそんなことを訊く？　気になるのならおまえさんが直接本人に訊けばいい」

「俺がですか？　速水さんに？　嫌ですよ。おっかなくて……」

「速水はおまえさんのことを買っているんだぞ」

「だからおっかないんですよ」

どういう意味かよくわからなかった。

「ばかな噂に惑わされたりしないでくれ」

「わかってますよ、チョウさん」

須田はにたにたと笑いながら席に戻った。それが彼の愛想笑いであることを知ったのは知り合って一年以上もたってからだった。

五時十分。終業時刻間際になって、安積は刑事課のある二階から階段を下った。一階には交通課と地域課がある。カウンターの向こうの机で速水が難しい顔をしていた。

がっしりした肩と厚い胸。制服がこれほど似合う男も珍しい。しかも、彼は安積と同じですでに四十五歳になる。彼ほどの体格を維持するのは、安積に言わせれば奇跡に等しい。

安積が速水の机に近づくと、さっと顔を上げ、すぐに机の上の書類に眼を戻した。

「機嫌が悪そうだな?」

安積がそう声をかけると、速水はうなるように言った。

「嚙みつくかもしれんぞ」

実際、こうしているところは檻に閉じこめられた猛獣という感じだ。速水は、東京湾臨海署時代は花形の交通機動隊の小隊長だった。神南署に来て交通課の係長になった彼は、毎日書類と格闘している。

ここに座っているときはいつでも不機嫌だが、今日は特に荒れているように見える。

「おまえ、噂のことを知っているのか?」

「噂? 何のことだ?」

速水は顔を上げない。

安積は周囲を見回した。近くに交通課の係員がいる。速水の背後には課長の席もあった。安積は周りの人間に聞こえないように速水に近づいて声を落とした。安積はまるで須田のようだなと思った。

「おまえが援助交際をしたという噂だ」

速水は頭を上げてまともに安積の眼を覗き込んだ。安積はちょっとばかり気まずい思いをした。

「そういう噂がある」

速水は安積の顔から胸にかけて視線を往復させた。ヤクザ者がよく見せる目つきだ。それからにっと笑った。

「デカチョウ。おまえさん、その噂を真に受けているのか？」

「誰もそんなことは言っていない。おまえが噂のことを知っているのかどうかを訊きに来たんだ」

「噂についいちゃ初耳だな」

その言い方が気になった。

「ここじゃ話しづらいな」

「俺は別に気にしないが……」

「俺が話しづらいんだ。上の会議室に来てくれ」

速水はあからさまに吐息を洩らし、ボールペンを放り出した。仕事を邪魔された抗議を無言で表現している。安積は気にせず速水を見据えた。速水は、仕方がないという顔をして立ち上がった。

二人が階段に向かう間、交通課の係員たちは誰も安積たちのほうを見なかった。よく飼い馴らされていると安積は思った。速水という男は、あっという間に集団を自分の私兵に育て上げてしまうような気がした。

「それで、こんなところに俺を連れ込んで、何の話をするというんだ?」

「事実じゃないだろうな?」

「何が?」

「援助交際の話だ」

「援助交際ね……」

速水は会議室のテーブルに腰を乗せた。

「なるほど、くだらねえ噂だ」

「にやにやしている場合か。それが事実ならおまえは何らかの処分をされることになる」

「話にならないな……」

安積は無言で速水の返事を待った。速水は安積のほうを見ずに苦笑を浮かべている。安積はその横顔をじっと見つめていたが、やがて言った。

「はっきり返事をしたくないのならそれでいい」

「返事をする必要などない」

「やましいことがないのならはっきりとそう言いきれるはずだ」

「やましいことなどない。だが、どうしてそんな噂が立ったかは想像ができる」

「心当たりがあるということか?」

「ある」

安積は、また速水の横顔を見つめた。長い付き合いだ。年齢も階級も一緒ということで、格別の親しみを感じている。愛想がなく、皮肉屋だ。部下に対しては鬼軍曹であり、上司にとっては扱いにくいはみ出し者だ。そのために誤解を招きやすい。警察社会の中では生きにくいタイプだ。だが、速水はたくましくこの世界で生き抜いてきた。

「その心当たりについて話す気はないか？」

「ない」

「何か事情があるのか？」

「尋問しているつもりか、デカチョウ」

「場合によってはそういうことになる」

「おい、売春は生安課の縄張りだ。強行犯担当の係長がでしゃばるのは筋が違う」

速水の軽口に付き合うつもりはなかった。

「話す気がないというのなら、これ以上訊かない」

彼が何も話さないということは、いざというときにも助けを求めないということを意味している。速水はそういう男だ。

「行っていいか？　書類仕事が溜まっているんだ」

安積は無言でうなずいた。

速水は、ちらりと安積を見るとそのまま会議室を出ていった。

山口友紀子は、速水と安積が会議室に二人きりで入っていくのを見た。交通課の係長と刑事課強行犯係の係長。通常の捜査では考えられない組み合わせだ。

個人的な問題に違いないと友紀子は思った。速水の噂のことである可能性が大きい。彼女は、二人が出てくるのを待った。

まず速水が出てきた。いつもと表情は変わらないように見える。苦虫を嚙み潰したような顔。友紀子のすぐ脇を通り過ぎたが、声もかけなかった。

神南署の署員は友紀子とすれ違うときに必ず何かの反応を見せる。目礼する者もいれば、あからさまに体を眺める者もいる。声をかける者も少なくない。警察というのは、男性原理が強く支配している世界だ。

だが、例外もいる。速水もその一人で、友紀子にはまったく関心がないように見える。男たちの過剰な関心をうっとうしいと思いながら、無視されるとなんだか悔しかった。

あたしに関心を示さないのは、ロリコンだからじゃないかしら。だとしたら、女子高生との援助交際という話にも幾ばくかの信憑性が出てくる。

そんなことを考えずにいられない。

友紀子は通り過ぎる速水の表情を盗み見ていた。

もしかしたら、その表情から安積との会談の内容を推理できるかもしれないと思ったのだ。だが、速水の表情は読めなかった。世の中というのはまったく面白くない冗談のようなものでしかない。まるでそんなことを考えている顔つきだ。

顔色からは緊張もうかがえない。

速水が階下に去るとすぐに安積が会議室から出てきた。安積は友紀子に気づいて、すぐに眼をそらした。こちらも難しい顔をしている。これもいつものことだ。

「係長……」

友紀子は声をかけた。

安積は、友紀子を見つめた。「速水さんと二人で何を話していたんですか？」

「何も話していない」

その眼は冷ややかだった。

「じゃあ、会議室で何をしていたんですか？」

「君に話すようなことはないという意味だ」

「交通課の係長と強行犯係の係長が密談をしているというのは、記者として興味がありますね。何か特別な事件なんですか？」

「私と速水は、臨海署で一緒だった。警察学校の同期でもある。個人的な話だってある」

「個人的な話をなさっていたということですか？」

「そういうことだ。だから、君には関係ない」

「速水係長の噂をご存じですか？」

安積は静かな眼差し（まなざし）で友紀子を見つめていた。穏やかな眼差しというのとは違う。厳しいが感情を抑えた眼だ。

そういう眼で人を見ることができる男は少ない。友紀子はそう感じ、かすかにときめきを覚えた。

「知っている」

安積は言った。返事があるまでの間が何かを物語っているような気がした。

「そのことについて話し合っていたんじゃないのですか？」

「その質問にこたえる義務はない」

「否定しないということは、そうだと解釈していいのですね？」

「君のように報道に携わる人間に言っておきたい。憶測で妙な噂を流したり、またその噂に振り回されたりしないでほしい。言いたいことはそれだけだ」

「速水さんは、噂について何か言っていましたか？」

安積は、鋭い眼を向けてきっぱりと言った。

「そのことについては誰も何も知らない。本人以外はな。いいかね、誰も何も知らないんだ。だから、私にこれ以上質問しても無駄だ」

安積は友紀子に背を向けると、刑事課のある大部屋に向かった。

なるほど、安積警部補も武士の情けを重んじるというわけか……。理性と良識の正義漢だと信じていたのだが、やはり警察社会にいると同僚をかばいたくなるのだろうか。

売春事件を男たちは軽く見過ぎる。友紀子はそう感じる。警察の取り締まりも形式的なものに過ぎないように見える。

女子高生の援助交際。今ではその話題も下火になったが、テレビや週刊誌といったイエロージャーナリズムが飽きてしまったというだけで、実際に女子高生売春がなくなったわけではない。むしろ、一般化して女子高生たちの抵抗感がなくなりつつあるのではないかと友紀子は感じていた。

これは単なる風俗情報ではない。社会問題なのだ。そして、現役の警察官が援助交際をしたということになれば、そのニュースバリューは大きい。

もし安積警部補が、誠意を持って詳しく説明してくれれば、それで済ましていたかもしれない。そんな気がした。安積警部補に対する当てつけという気持ちがないではなかった。

安積は、速水とともにこの神南署では数少ない友紀子に対する無関心派だった。

自分のそうした感情を認めたくはなかった。だが、闇雲に否定するほど愚かではない。

私もかわいいところがあるということだ。彼女にはそう考えるだけのゆとりがある。

友紀子は、本格的に速水の噂について調べてみる気になった。

2

原宿駅の竹下口から表参道方向へ進んだ道路沿いに、『磯樽』という大衆酒場があり、神南署の署員はよくそこに飲みに出かける。刑事たちを目当てに新聞記者もやってくる。いわゆる『夜回り』だ。記者たちは酒の席で何とか非公式の話を聞き出そうとするわけだ。

友紀子はカウンターで張っていた。八時を過ぎた頃、須田と黒木のコンビが店に入ってきた。店は適度に混み合っており、二人はカウンター席に座るしかなかった。

「あれ、一人?」

須田がにやにやと笑いながら声をかけてきた。刑事のほうから記者に声をかけることなどほとんどない。これも若い女性の特権だと友紀子は自覚していた。彼女は、なぜこの男に部長刑事がつとまっているのか不思議でしかたがなかった。刑事としては隣の黒木のほうがずっと優秀に見える。友紀子は黒木と話がしたかった。

だが、黒木は故意に友紀子を無視しているように感じられる。これも意識のうちだと友紀子は思った。意識過剰でこうなっているのだと……。

須田が席をあけて友紀子の隣に黒木を座らせた。須田は須田なりに気をつかっているのかもしれない。若い者同士のほうが話がしやすいだろうと……。須田も黒木とそれほど年が違わないはずで、たしか独身のはずだが、男女関係については早々にリタイヤしてしまっているのかもしれない。彼の趣味はパソコンだという噂は本当だろうか……。

友紀子はあれこれと黒木に話しかけた。記者らしく、神宮前五丁目の強盗事件などについて質問する。思ったとおり、黒木は無愛想に記者発表を聞いてくれと言うだけだった。

須田と黒木の酒が進むのを待って、友紀子は言った。

「安積係長と速水さんて、仲がいいんですね?」

「はい。同期ですし、馬が合うみたいです」

黒木が杓子定規(しゃくしじょうぎ)にこたえた。

「まったく違うタイプなのに?」

「はい」

「今日、安積係長と速水さんが二人きりで何か密談していたわ。何を話していたか見当がつかない？」

「いいえ」

「速水さんの噂、聞いていない？」

「噂？　知りませんね」

友紀子は須田を見た。須田は、興味深げに友紀子を見ている。

「チョウさんが速水さんと二人きりで話をしていたんですね？」

念を押すように須田は言った。

「ええ。あたしは何を話していたのか安積係長に質問したんです。でも安積さんはただ個人的な話だと……」

須田はにたりと笑った。その笑いの意味が友紀子にはわからない。

「そう。チョウさんがね……。なら、俺たちその件で何も言うことはないな」

「どういうこと？」

「俺らはね、信頼関係で動いているんですよ。チョウさんと速水さんもそう。ま、そういうことです」

何が信頼関係かしら。それは、警官同士でかばいあっているということではないか。こうなったら、徹底的に究明してやる。

友紀子はそう心に決めた。

「チョウさん、速水さんと話をしたんですって?」

朝、須田は出勤するとすぐに安積の席の脇にやってきて言った。安積は顔を上げた。須田は妙に深刻な顔をしている。その顔を見ると訳もなくおかしくなった。

「ちょうどいい。おまえさんに頼みがある」

「何です?」

「速水のことを探(さぐ)ってくれ」

須田は目を細めて仏像のような顔つきになった。この表情は何かを深く考えていることを物語っている。

「チョウさんも速水さんを疑っているということですか?」

「やつは何かを隠している。それはたしかだ。援助交際をしているとは思わんが、珍しく思い詰めている」

「何か言ったのですか?」

「何も言わない。だから心配なんだ」

「心配……?」

「そう。白状するよ。俺はやつの罪を疑っているわけじゃない。心配なんだ。こんなことを頼めるのは署内ではおまえさんしかいない」

須田は妙にうれしそうな顔をした。

「任せてくださいよ、チョウさん」

別におだてたわけではなかった。安積は須田の捜査能力とツキを信頼していた。たしかに須田は刑事としてツキに恵まれている。須田に任せておけばだいじょうぶだ。安積は本気でそう思っていた。

3

速水がその少女と会ったのは、友紀子が尾行を始めて三日目のことだ。速水が安積と二人きりで話をしてから四日目だった。

場所は六本木。紅茶専門店の二階にある喫茶店で待ち合わせてそれから食事に出かけた。鶏（とり）煮込みそばが名物の中華料理店だった。

驚くほどの美少女だ。色の白さが際立っている。目が大きく、ストレートの髪が背中に垂れている。年齢は明らかに高校生くらい。体にぴったりとした黒のワンピースの上に光沢のある白いシャツを羽織っている。

女性の眼から見ても魅力的な少女だ。

二人が中華料理店の二階に消え、友紀子は外で張り込むことに決めた。出てくるまで待つことにする。六本木交差点のすぐそばだ。歩道に立っていると、何人もの男に声をかけられた。まんざら悪い気はしないものだが、仕事の最中なので迷惑この上ない。

友紀子は、最近人気があるドラッグストアの店先で商品を物色するふりなどをして張り込みを続け二人が出てくるのを待った。彼らが現れたのは約一時間後だった。肩すかしを食ったような気分だった。少女は地下鉄六本木駅へと消えて行き、速水は麻布署の方向へ歩いていく。離れた場所から様子をうかがっていると、二人はそのまま別れた。

尾行を勘づかれたのだろうか？　それで今日のところは自重したのか？

友紀子は考えた。

いや、そんなはずはない。速水はまったくそんな素振りは見せなかった。一度だって友紀子のほうは見なかった。それはたしかだった。

速水の尾行を続けるべきか、それとも少女を追うべきか……。そう考えて、少女が消えた地下鉄六本木駅の出入り口を見た。そのとき、友紀子は見覚えのある男がその出入り口に消えていくのを見た。

須田だった。

どうしてここに須田部長刑事が……。

人込みに消える直前に、須田が友紀子のほうを見て、にっと笑ったような気がする。

いったいこれは……。

友紀子は考えている時間が長過ぎた。それはほんの数十秒に過ぎなかったが、尾行者としては致命的だった。結局、少女も速水も見失ってしまった。

神南署の大部屋の隅で、それとなく刑事課強行犯係のほうを観察していた友紀子は、安積係長と須田部長刑事が何やら密談をしているのに気づいた。

昨夜、須田は六本木で何をしていたのだろう。彼はあたしに気づいたようだった。人込みに消え去る直前のあの笑いは忘れられなかった。いかにも人の良さそうな須田だが、あの一瞬は恐ろしい男に見えた。普段の態度は実はカムフラージュで、あれが須田の本性なのではないかという思いさえした。

いや、気のせいに違いない。あのとき、友紀子は緊張していた。そのせいで、須田の愛想笑いが意味ありげな恐ろしい笑いに見えただけだ。そう考えることにした。

「それで、その少女というのは何者かわかったのか？」

安積警部補は、囁くように言った。彼と須田は額をくっつけんばかりにして話をしている。

「もちろんですよ、チョウさん。尾行して身元を確認しました。名前がわかればどこかに記録がないか調べるのは朝飯前ですよ」

「おまえの得意なコンピュータのおかげというわけか？」

「やだな、チョウさん。誰だって利用できるんですよ。そのためのデータベースなんですからね」

「どういうことがわかった？」

「名前は、保科百合。年齢は十七歳。補導歴が二回ありました。中学生の頃のことです。埼玉の出身で、暴走族と関わりがあったようですね」

「速水との関わりは？」

「直接の関係はわかりません。でも、相手が暴走族ですからね。臨海署の交通機動隊時代に何か関わりがあったことは充分に考えられます」

「その線を当たってくれ。当時の部下や同僚が何か知っているはずだ」

「わかりました」

須田が忙しいのはわかっていた。刑事というのは、捜査のために歩き回るだけではなく、おびただしい量の書類を作成しなければならない。こうして余計な仕事に追われると、その分どこかにしわ寄せが行くはずだ。できるかぎり須田をフォローしてやらなければならないと安積は思ったが、それを口に出すことはなかった。

4

友紀子は、速水を自宅まで尾行していた。援助交際の証拠をつかむには必要なことだった。勤務時間中に買春をするとは考えられない。速水は大崎のマンションで独り暮らしだ。社会部の記者だから夜討ち朝駆けの覚悟くらいはある。大きな事件になると、刑事の自宅に張りつくことも珍しくはない。

金曜日の夜、尾行を始めて五日目だ。ウィークエンドならば何かありそうだと友紀子は期待していた。速水は七時過ぎに自宅に戻った。友紀子は動きを待った。

終業時刻をはるかに過ぎていたが、安積は署に残っていた。須田がまだ外から戻らない。連絡がないところを見ると、署に戻るつもりらしい。帰りを待っていた。

須田が戻ってきたのは九時半頃だった。強行犯係にはすでに安積以外誰もいない。大きな事件がないときは刑事も早く引き上げる。

「何かわかったか？」

「保科百合ですがね、暴走族のヘッドの彼女だったようですね。中学校時代はそうとうに荒れていて、家にも寄りつかなかったそうです。教護院の担当者がそう言ってました。ただ、高校に入ってからめっきりおとなしくなり、生活態度も改善されたということです」

「家庭環境は？」

「それなんですよ、チョウさん」

須田はいつもの調子で、とたんに悲しげな顔になった。「荒れる少年少女というのは、必ず何か原因があるんですね。皆荒れる要素は持っている。それにきっかけを与えるかどうかで違ってくるんです」

「要点を言ってくれ」

「母親とは死別していて、父親が再婚したそうです。彼女は中学生のときから家を出て独り暮らしをしていました。家庭でうまくいかなかったのでしょうね」

須田は心から保科百合という少女に同情しているようだった。

「何かあっても、両親を頼りたくない状況と考えていいな」

須田は自分の役目をようやく思い出したように表情を引き締めた。

「それなんですよ、チョウさん。臨海署時代の部下の話だと、速水さん、彼女の更生に力を貸したというんです」

あいつがやりそうなことだと安積は思った。

「具体的には何をやったんだ?」

「暴走族の男と別れるのに手を貸したと言っていました。その元部下もそれ以上のことは知らないようでしたね」

警察官には男気を口にする者は多い。だが、本当に男気があるやつはそういうことを口にしないものだ。速水はきっと何も言わずに少女を助けようとしたのだろうと安積は想像した。そして、もしかしたら、また同じことをしようとしているのかもしれない。

「速水とその保科百合はずっと連絡を取り合っていたのかな?」

「どうでしょうね。もしそうなら、急に噂になったりはしないと思いますがね」

「気になるな」

安積は言った。「俺はこれから速水のところへ行こうと思うが、おまえはどうする?」

「速水さんのところに?　これから?」

「どうも嫌な予感がするんだ」

「一緒に行きますよ。覆面車を用意します」

須田は部屋を出て行こうとして、一度立ち止まり振り向くと言った。

「何だか、臨海署時代のようですね」

速水のマンションの近くに車を止めさせると安積は言った。

「しばらく様子を見よう」

ハンドルを握っていた須田が、驚いた顔で安積を見た。

「話をしに行くんじゃないんですか？」

「あいつのことだ。何を訊いたって話すまい。ここで監視していたほうがいい」

「動きがなかったら？」

「そのときは引き上げればいいさ」

須田はうなずいた。マンションの玄関のほうに目を転ずると、彼は言った。

「あれ、チョウさん。あそこ見てください」

須田が指さすほうを見て、安積も気づいた。

「あれは、東報新聞の山口友紀子……」

「このところ、速水さんをつけ回しているようですね。先日は六本木で見かけましたよ」

「仕事熱心というより、意地になっているようだな」

「俺もね、それがおかしくって思わず笑っちまったんですが……」

「まあいい。私たちも張り込みだ」

「はい」

須田は妙に張り切って見えた。先程言ったように、東京湾臨海署時代のことを思い出しているのかもしれない。安積も須田と組んでいた部長刑事時代を思い出していた。

何も動きがないまま時間が過ぎていった。友紀子がそろそろ引き上げようかと思いはじめた十一時過ぎに、速水が姿を見せた。黒い革のジャンパーにズボン。ヘルメットを持っている。彼は脇の駐車場に行き、七五〇ccのバイクにまたがった。エンジンがたくましい咆哮(ほうこう)を上げ、速水は走り去った。

友紀子は慌てて表通りへ急ぎ、タクシーをつかまえた。

「あのバイクを追ってちょうだい」

「お客さん……。そういうの勘弁してください」

「いいから急いで。メーターの倍払うわ」

運転手は、ぶつぶつ言いながら車を出した。幸い道はすいており、速水のバイクを見失わずに済んだ。

速水は晴海(はるみ)通りへ出て直進した。銀座を通過して晴海埠頭(ふとう)に向かう。

「こんなところで何をしようっていうの……」

速水は広場の中央にバイクを止めた。あたりに人影はない。広々とした無人の暗闇の中でバイクを降りた。友紀子は遠くからそれを確認するとタクシーを降りた。

彼女は、どうしていいかわからず積まれたパレットの陰から速水の様子を見ていた。ただの気晴らしでバイクを飛ばしてきただけなのだろうか？　それにしては様子が少しおかしい。

ふと地響きのようなものを感じた。それが急速に近づいてくる。友紀子は何事かと振り向いた。無数の光が近づいてくる。その光の集団はけたたましいさまざまな騒音を伴っていた。エンジンの音、クラクションの音……。暴走族だ。友紀子は唖然とその様子を見つめていた。

速水は何本ものヘッドライトに照らしだされている。速水一人の前におよそ五十人ほどの暴走族が集結していた。自動車が数台にバイクが二十騎ほど。

「チョウさん……」

須田が唖然としてその様子を眺めている。

「くそっ」

安積はつぶやくと、即座に無線に手を伸ばしていた。

友紀子は凍りついたように物陰から動けなくなっていた。速水は両足を開き、しっかりとアスファルトの地面を踏みしめるように立っている。

威嚇するようにバイクのエンジン音が響き続ける。さらにあざ笑うようなクラクションの音。数台のバイクが速水のすぐ前を通り過ぎて行った。速水は一歩も動かなかった。

ヘッドライトの光の輪の中に、ほっそりとしたシルエットが浮かび上がった。六本木で見かけた例の少女だ。

これが援助交際だっていうの……?

友紀子は何が何だかわからなくなっていた。

暴走族の集団の中から一人の男が歩み出た。まだ少年のようだが、恰好は一人前のヤクザのようだった。ハイネックの白いシャツに黒っぽいスーツを着ている。淡いブルーのサングラスをかけていた。

彼が歩み出ると、エンジンやクラクションの音がぴたりと止んだ。

その少年が大声で言った。

「死にに来たか? 度胸だけは認めてやる」

速水が言い返した。

「百合は連れて帰る。二度と手を出すな」

「これだけの人数を相手にするというのなら、話を聞いてやらなくもねえ」

驚いたことに速水は笑いを浮かべているようだった。この状況で笑えるなんて……。

速水の声が聞こえてきた。

「タイマンを張る度胸はないか?」

「そうだな……。全員を相手にしてまだ生きていたら相手をしてやってもいい」

ようやく話が飲み込めてきた。あの少女を暴走族のリーダーらしい少年から奪おうとしているらしい。別れさせようとしているのか……。だが、どうみても速水の旗色は悪い。悪くすると本当に殺されてしまうかもしれない。

何も一人で乗り込まなくても……。

なんとかならないだろうかと、友紀子は周囲を見回した。誰もいない。彼女は携帯電話で警察に電話しようかと考えた。そうだ。それしかない。しかし、パトカーが到着するまでどれくらいかかるだろう? さらにパトカーのサイレンは問題のような気がした。サイレンを聞いた瞬間に暴走族がどんな反応を示すか……。速水の身の危険を増大させることにはならないだろうか……。

友紀子は携帯電話を手に迷っていた。そのとき、先程とまったく同じような地響きを感じた。また暴走族がやってくるのだろうか?

友紀子は思わず晴海通りの方向を見た。

たしかにバイクと車の集団が近づいてきつつあった。だが、先程とはちょっと違っていた。けたたましくアクセルをふかす音やクラクションが聞こえてこない。

その代わりに友紀子が見たのは、おびただしい数の赤と青の回転灯だった。

それはパトカーと白バイの集団だった。

暴走族のリーダーが怒りに燃えた眼で速水を見つめた。速水は振り向き、近づきつつあるパトカーと白バイの集団を見つめていた。驚いた様子だった。安積は、須田とともにその速水に駆け寄った。

速水は驚いた表情のまま安積に眼を転じた。

「デカチョウ……。こりゃ何の真似（まね）だ？」

安積は言った。

「おまえに死なれると寝覚めが悪くてな」

やがて、パトカーと白バイ隊は、速水の背後に集結した。暴走族と対峙（たいじ）するような形になった。たくましい白バイのアイドリングの音に、派手な回転灯の光。

安積は速水に言った。

「いい手下を育てているな。交通課に無線を入れておまえが困っていると言っただけで、これだけの人数が駆けつけた。さあ、あいつのチームとおまえのチーム、勢力は互角だろう。やりたいようにやれ」

「俺のチームだと？　交通課の白バイを何だと思ってる？」

速水は暴走族のリーダーのほうに向き直った。暴走族のリーダーは、怒りに我を忘れているようだ。速水は言った。

「俺たちとやり合う気があるならいつでも相手になる」

暴走族のメンバーたちはすっかり気をそがれている。怯えていると言ってもいい。逃げ出す機会をうかがっているように見える。リーダーは何も言わない。

速水がさらに言った。

「さあ、タイマンで勝負をつけるんだ。おまえが負けたら二度と白合に近づくな」

「くそったれ！」

いっぱしのヤクザのような恰好をしたリーダーは上着を脱ぎ捨ててわめいた。「やってやらあ！」

速水は一歩踏み出した。相手との間合いが詰まった。暴走族のリーダーは、前傾姿勢で構えた。隙をうかがっている。

さらに速水は近づいた。たまらず、リーダーが仕掛けた。

「うりゃあ！」

大きなモーションでフックを飛ばした。速水はその場から動かず、きれいなカウンターを決めた。リーダーの少年は一発でひっくり返った。貫禄が違い過ぎると安積は思った。くぐった修羅場の数が違うのだ。背負うものの大きさも違う。

地面の上でもがいていたリーダーは、なんとか両手をついて立ち上がろうとした。口の中を切って出血している。その血をぺっと吐き出した。彼は起き上がると、メンバーが持っていた金属バットをひったくった。

「てめえ、殺してやる」

両手でバットを構えた。相手を本気で殺す気だなと安積は思った。そういう喧嘩しかできない少年に心底腹が立った。

勝負は一瞬で決まった。

相手が得物を持ったということで、速水も手加減しなかった。相手がバットを振りかぶった瞬間に速水は相手の懐に飛び込んでいた。強烈な体当たりだ。肩口が相手の胸を打ち、頭が顎を打っていた。

暴走族のリーダーはその一撃で、一瞬脳震盪を起こしていた。後方に倒れようとする相手を、速水はすばやく巻き込んで投げた。きれいな背負い投げだ。リーダーは、アスファルトに叩きつけられた。

地面の上で苦しげにもがいている。もう立ち上がる気力はない。

速水はその少年を見下ろして言った。

「約束だ。二度と百合に近づくな。約束を破ったら、いつでも俺が駆けつける。忘れるな」

保科百合が速水に駆け寄った。速水は彼女を片腕で抱いた。

やはりそういうことだったのかと安積は思っていた。

速水は、少女を抱いたまま暴走族に背を向けると安積に近づいてきた。

「あのガキはヤクザの息子でな……。タチの悪いやつなんだ」

なんだか速水は照れているように見えた。少女がそばにいるせいか、タイマンなどという青臭いことをやってのけたせいか安積にはわからない。おそらくその両方ではないかと思った。

「この子が中学のときから付きまとっていたんだ。一度は手を切らせたんだが、最近よりを戻したがっていてな……」

「そんなことだろうと思っていた。だが、あんな噂を立てられるのは、やはり身から出た錆だぞ」

「あんな噂って……？」

保科百合が尋ねた。安積がこたえた。

「こいつは、君と援助交際をしているという噂を立てられていたんだ」

「あら、速水さんとなら、あたし考えてもいいな」

速水はいつもの苦虫を嚙み潰した顔を見せた。

あの夜、どうやって自宅へ戻ったか友紀子は覚えていなかった。暴走族がまず引き上げ、それを待ってパトカーと白バイの集団が去って行った。

恐怖とその後にやってきた興奮で友紀子は茫然（ぼうぜん）としていたのだ。

神南署では、その夜の出来事が話題になることはなかった。交通課でも誰もそんなことはなかったかのように振る舞っている。まるで夢を見ていたような気分だ。だが、やがて夢でなかったことを須田が証明してくれた。『磯樽』で一緒になった折に、須田が噂の真相を教えてくれた。

あの少女と暴走族のリーダーは、彼女が中学生の頃に付き合っていたのだそうだ。彼女が更生を望んでいたので、速水が苦労して別れさせた。約束通り少女は更生した。だが、最近になって、あのリーダーが再び言い寄ってきたらしい。

彼は暴力団組長の息子でかなり危険な少年だった。頼る者がいなかった少女は相談しようと速水を呼び出した。久しぶりに会った二人は食事をして、六本木のゲームセンターの上にあるカラオケ店に行った。カラオケ・ボックスは相談を持ちかけるのにもってこいの場所だと彼女は考えたのだ。

そのカラオケ店はゲームセンターから出入りできるのだが、実はアイビスホテルの中にある。相談を終え外へ出るとき、二人はゲームセンターの出口ではなく、アイビスホテルの出口から出てきてしまった。そこを新聞記者に目撃されたというわけだった。

噂など往々にしてこんなものか……。友紀子は思った。

それにしても、あの夜の速水といい安積といい、なんという男たちなのだろう。

「俺たちは信頼関係で動いている」という須田の言葉は、あの二人に限って言えば掛け値なしというわけだ。

友紀子は速水を見直した。そして、安積に惹かれていく自分をはっきりと意識していた。

夜回り

1

「最初の被害者だ。彼女を参考人として任意同行で引っ張れ」

安積警部補は、囁くように須田部長刑事と黒木刑事に命じた。刑事課の廊下には常に何人かの記者がいる。刑事部屋の中まで入ってくる記者も珍しくはない。

刑事とサツ回りの記者は、常に腹の探り合いだ。

黒木は、余計なことは一切言わず、豹のような身のこなしで出入り口へ向かった。須田部長刑事は、しかつめらしい表情を作り、ことさらに大きくうなずくとよたよたと黒木の後を追った。

まったく、名コンビだな……。

安積は二人の後ろ姿を見送って思った。

黒木は、シャープな体つきをしており、鍛えられた兵士のようにきびきびと動く。一方、須田のほうは、刑事としては明らかに太り過ぎで、万事要領が悪く見える。

「マスコミには何て言います?」

村雨部長刑事が安積の席に歩み寄り、そっと言った。

神南署刑事課強行犯係には二人の部長刑事がいる。村雨は須田とはまったく違うタイプだった。ある意味でもっとも警察官らしい警察官かもしれないと安積は思っていた。

「何のことだ？」

「被害者をもう一度連れてくるとなると、マスコミはいろいろと読んできますよ」

「勘繰らせておけばいい。それにマスコミ対策は次長の仕事だ。私たちには関係ない」

村雨はうなずくと無言で自分の席に戻った。

対応が冷たすぎただろうか？

安積はふと気になった。二人の部長刑事、村雨と須田。どちらをひいきしているつもりもない。だが、どうしても反りが合わないということがある。安積は、村雨を優秀な刑事だと認め、信頼していながらも、個人的にはどうかという一面があった。

「だいじょうぶ」

安積は、村雨に言った。「あいつらはうまくやるよ」

村雨は、ただうなずいただけだった。別に安積の態度を気にした様子はない。気にしているのはこちらだけか……。安積は、なんだか気恥ずかしくなって、書類に眼を落とした。

「どちらへお出かけですか？」

須田は、女性の声を聞いて思わず振り返った。署内で女性に声をかけられることなどめったにない。

須田は、相手を見たとたん、苦笑を浮かべた。その苦笑が不幸なことに愛想笑いに見える。

東報新聞の山口友紀子記者だった。長い髪を背に垂らしている。紺色のスーツを着ていた。スカート丈はタイトミニ。いつもよりスカート丈が短いような気がすると須田は思った。

「別にどこということはありませんよ。情報集めですね」

須田がそうこたえた。だが、須田はすぐに山口友紀子記者が自分ではなく黒木のほうを見ていることに気づいた。

「黒木さん。昨日はどうも……」

彼女は意味ありげに言った。

黒木は、無言でかすかに頭を下げただけだった。黒木は、足を早めて階段に向かった。

須田は慌ててその後を追った。

「ちょっと待てよ、黒木。何だよ、いったい」

「何がですか?」

「彼女と何かあったのか?」

「何のことですか?」

「昨日はどうもって……」

「夜回りですよ」

「夜回り?」

「昨夜、俺が飲んでいるところにやって来て……。それだけです」

「へえ……。そりゃ、ツいてるな」

「ツいてる？」

「そう。地域課や交通課の若い連中の間で、彼女、ちょっとした話題になっているんだぜ。知らないのか？　ほら、彼女、記者にしておくのもったいないほど美人じゃないか。それにプロポーションもいいし……。地域課のやつら、あのバストのサイズで賭けをしたらしいよ。それでどうなったと思う？」

「さあ……」

「結果がわからなかったんだ。誰も彼女に訊けなかった。結局、賭けはおじゃんさ」

「警察官が署内で賭けをやったんですか？　問題だな」

「ほんのジョークだよ。目くじら立てなさんな……。そういう言い方、ほんと、おまえらしいよな……」

黒木は何も言わなかった。覆面パトカーの運転席に座り込み、エンジンをかける。ハンドルに手を乗せ、正面を見つめたままで、須田が苦労して助手席にもぐり込むのを待っている。

須田がシートベルトをかけるのを確認してから車を出した。

須田は溜め息をついてつぶやいた。

「ほんと、おまえくらい真面目なやつは見たことないよ」

「デカチョウ。おまえんとこの若い衆もなかなかやるじゃないか」

安積は顔を上げなくても、誰の声かわかった。

交通課の速水係長が席の脇に立った。

安積は机上の書類を見つめたまま言った。

「何の話だ?」

「黒木だよ」

「黒木がどうかしたのか?」

「知らないのか?」

「だから、何の話かと訊いているんだ」

「山口友紀子とデートしたらしい」

「東報新聞の?」

「そうだ。交通課じゃ評判になっている」

「そうとうに暇らしいな」

「刑事と違って娯楽に乏しいんだ」

「娯楽だと?」

「美人記者に言い寄られたりすることはない」

「美人ドライバーをつかまえて切符を切る代わりに、デートの約束を取り付けているやつ

「心外だな、デカチョウ。俺たち神南署交通課は、法と秩序を守る警察官の鑑(かがみ)だぞ」

「東報新聞の山口記者が、黒木に言い寄ったというのか?」

「それ以外に考えられるか?　あの堅物(かたぶつ)だぞ。自分から粉(こな)かけるわけないだろう」

「誰かデートの現場を見たのか?」

「刑事らしい質問だな。竹下口から表参道に向かったところに飲み屋があるだろう。『磯樽』という店だ。きのうの夜のことだ。そこで二人で飲んでいるところを、うちの課の者が見かけた」

「それは、誤解だ」

「誤解だって?　何が誤解なんだ?」

「黒木は山口記者とデートなどしていないよ」

「どうしてそう思う?」

「『磯樽』は、うちの署の連中がよく行く飲み屋だ。これがすべてを物語っている」

「ほう。どういうことか説明してもらおうか」

「『磯樽』には当然刑事もよく飲みに行く。私も行く。そういうところには、社会部の記者も頻繁(ひんぱん)にやってくる。酒で口が軽くなった刑事からなにかネタを聞き出そうとするんだ。いわゆる夜回りだ。山口記者は黒木に夜回りをかけていただけだ」

「それがおまえさんの刑事としての読みか?」

い」

「良識から導き出した真実だ。デートするのに、署の連中が出入りする酒場など選ばない」

「きっかけは夜回りだったかもしれない。だが、それから発展していくこともあるだろう」

安積は溜め息をついた。

「なんでおまえは、刑事部屋まで上がってきて、主婦の井戸端会議みたいなことをしゃべっているんだ？　下へ行って仕事をしたらどうだ？」

速水は、ぐっと体を近づけて、声を落とした。

「あの女はしたたかだ。黒木が傷つくようなことがなけりゃいいがと思ってな」

安積は思わず速水の顔を見つめていた。速水はうなずくと、片方の頬を歪めるように笑った。「おまえさん、誰かが傷つくのを見るのが人一倍嫌いだろう」

安積は小さくかぶりを振って、眼を書類に戻した。

速水が言った。

「黒木と山口友紀子は、連れ立って店を出たそうだ」

安積が顔を上げると、速水は背を向けて去っていくところだった。その後ろ姿を眺めていると、村雨が言った。

「何です、あれは……」

「気にするな。黒木に限って心配することはない」

「しかし……」

電話のベルが村雨の言葉を遮った。村雨が電話に出た。

「係長。須田からです。長沢由香里が姿をくらましたようです」

「姿をくらました？」

「同じマンションの住人の話だと、二、三日前から姿が見えないらしいと……」

「その足で交友関係を洗い、立ち回りそうな先を当たれと須田に伝えろ。村雨、おまえさんも桜井といっしょに行ってくれ。須田と相談して手分けするんだ」

「わかりました」

安積は、席を立って、課長室へ向かった。課長室といっても独立した部屋があるわけではない。仕切り板で囲ったブースに過ぎない。

「連続通り魔強盗の最初の被害者が姿をくらましました」

「何だ、それは……」

金子禄朗課長は、眼を瞬いた。

「任意で引っ張ろうと須田が訪ねたところ、留守でした。この二、三日姿が見えないそうです。つまり、通り魔強盗の容疑者、島田裕一が逮捕された時期と合致します」

「島田が逮捕されたとたんに、被害者が姿をくらます？　いったい何を言ってるんだ、おまえさん」

「報告書を読んでないのですか？」

「報告書……？　ああ、これか……。しかし、容疑者逮捕で一件落着じゃなかったのか？　自白も取れたんだろう」

「容疑は認めました」

安積は、強い疲労感を覚えた。「しかし、ちょっとばかり複雑なことになってきまして……。報告書に書いてありますが……」

金子課長は、目を細めて書類をめくりはじめた。

昨夜は真夜中までかかって容疑者から話を聞き出した。それを、その日のうちにと思って報告書にまとめたのだ。金子課長は、苛立(いらだ)たしげに報告書を放(ほう)り出し、言った。

「口頭で説明してくれ。これはどういうことなんだ？」

「被害は全部で五件。しかし、最初の一件と、他の四件はちょっと事情が違うということですよ。容疑者の島田はこう供述しています。たしかに、自分は通り魔をやった。しかし、金を取る気などはなかった。若い女を脅かしたいだけだった。それが、最初の被害者、長沢由香里です。島田はむしゃくしゃしていてつい出来心でやったと言っています。問題はその後なのです。後の四件は、長沢由香里とその知り合いのヤクザ者らしい男に脅かされてやったのだと、島田は供述しているのです。金は全部、そのヤクザ者と長沢由香里に渡したと……」

「何だそりゃあ、そんな供述を信じるのか？」

「事実を確かめなければなりません。それで、長沢由香里に任意同行を求めようとしたのですが……」

「姿をくらました……？　旅行にでも出かけているんじゃないのか？」

「島田が逮捕されたのが三日前です」

「偶然かもしれない」

「私はそうは思いませんね」

「わからねえな。どうすれば、被害者が容疑者を脅かすことができるんだ？」

「長沢由香里は通り魔に遭い、肩から背中にかけてのあたりを三段式特殊警棒で殴られました。島田は自転車で逃走。それをすぐに交番に届けたわけです。しかし、島田は捕まりませんでした」

「その経緯は知っている。問題はその後のことだ」

「こういうことだと、私は考えています。長沢由香里と島田は、住んでいるところが近いこともあり、再び顔を合わせたわけです」

「顔を合わせた？」

「正確に言うと、被害者の長沢由香里のほうが島田を覚えていた。島田を見かけたのです。だが、彼女は警察には通報しなかった。その代わりに柄の悪い知り合いに相談したのです。そして、島田を揺すことにした。言うことを聞かなければ警察に通報する。島田によると、長沢由香里と知り合いのヤクザ風の男はそう言ったそうです」

「そして、同じ手口で通り魔をやらせ、今度は金を奪わせた。その金を巻き上げていたということか?」

「島田の供述を信じれば、そういうことになると思いますね」

「どうして、朝一番で俺に報告しなかった?」

さらに疲労感が募った。

昨夜は午前三時までかかったんだ。私も部下もほとんど寝ていないんだぞ。しかも、抱えているのはこの事件だけじゃない。朝からいろいろと立て込んでいたんだ。だから、夜が明ける前に報告書を書いて机に載せておいたんじゃないか。あんたも、たたき上げならそれくらいのことはわかりそうなもんじゃないか。

安積は、目頭をもんでから言った。

「すみませんでした」

金子課長は、大きな目で睨むように安積を見ていた。しかし、すぐにそれが失敗だったことに気づいたようだった。

「すまねえな、係長。俺も現場に出てりゃ、こんな言い方はしなかったかもしれない」

安積は何も言わなかった。

「それで、長沢だっけか？　その第一の被害者を任意で引っ張ってきて吐かせる自信はあるのか?」

「やるしかないでしょう」

「女はやっかいだぞ。脅しゃ泣くし、なだめりゃつけあがる。しまいにゃ開き直る」

「つるんでいたヤクザ者を探しましょう。そちらを叩いたほうが早いかもしれない。ヤクザ者が吐けば、女も落ちますよ」

「マスコミにつつかれたくねえな。情報が洩れたら、女のほうもいろいろと手を打つだろう」

「少なくとも。身柄を押さえるまで、情報は外に洩らしたくありませんね」

「刑事どもに厳しく箝口令を敷いておけよ。俺は次長とマスコミ対策について打ち合わせる」

「お願いします」

「なあ、係長」

「何です？」

「俺あ、嫌な上司だと思うか？」

「思いませんよ」

「現場離れて、管理職なんかやってるとよ、いろいろとな……。おい、次長との打ち合わせ、代わってもらうわけにはいかねえよな……」

「課長の仕事ですよ」

「しゃあねえな」

安積は、課長に不満をぶつけなくてよかったと思いながらブースを出た。

2

午後十時前後に、須田組、村雨組から相次いで連絡が入った。収穫はなかった。安積は全員に帰宅するように言った。だが、村雨は一度署に戻って報告をするという。

「いいだろう」

安積はそう言わざるを得なかった。

仕事熱心はいいがな、村雨、他人まで巻き込むことはないんだぞ……。

ほどなく村雨と桜井が帰って来た。若い桜井刑事は疲労困憊（こんぱい）しているように見える。驚いたことに、須田・黒木組までが戻って来た。

安積は心の中で溜め息をついた。

まったくこいつらは……。

村雨が、長沢由香里の住むマンションの聞き込みの結果を報告した。続いて、須田が、友人・知人を訪ねた結果を報告。どちらも、目ぼしい収穫はない。

安積は、明日から態勢を立て直して本格的に捜査を始めることにした。それから、マスコミにはくれぐれも情報を洩らさぬようにとクギを刺した。

「さあ、明日からはまた忙しくなる。今日はもう引き上げろ」

安積は言った。

四人の部下は言われたとおりに腰を上げた。彼らの後ろ姿をじっと見ていた安積は、迷った末に言った。

「須田。ちょっと話がある」

須田は、叱られた子供のような顔で振り返った。長沢由香里を見つけられなかったことで、自分を責めていたのかもしれない。

須田が席のそばに来ると安積は言った。

「冷蔵庫にビールが入っている。一杯付き合わないか？」

「何です、チョウさん。込み入った話ですか？」

須田と安積は組んで捜査をしていた一時期がある。その当時安積は部長刑事だった。須田は今でもその頃と同じ呼び方を続けている。安積をチョウさんと呼ぶことができるのは、須田だけだ。

安積は、缶ビールを一口飲んでから言った。

「黒木のことだ。何か変わった様子はないか？」

「いえ……。なぜです？」

須田は、小学生が秘密を共有するときのような、滑稽なくらいに真剣な表情になった。

安積は、もう一口ビールを飲んだ。

「噂を聞いた。東報新聞の山口記者とデートをしていたというんだ」

「へえ……」

須田は、目を丸くして見せた。彼の反応は、どこか劇画化して見える。テレビドラマなどで見かける仕草だ。そういう反応をしなければいけないと本人が決めているように思える。彼なりの処世術なのかもしれないと安積は考えていた。「そういえば、あのナイスバディー、意味ありげなことを言っていたな……」

「意味ありげなこと?」

「ええ、署を出るときのことなんですがね。黒木に向かって、昨日はどうも、なんて……」

「『磯樽』でいっしょに飲んでいたそうだ」

「それって、単なる夜回りでしょう? 黒木もそう言ってましたよ」

「その後、いっしょに『磯樽』を出たそうだ」

「誰から聞いたんです」

安積は迷ったが、言うことにした。周囲の者はあまり気づいていないが、須田に隠し事をするのはなかなか難しい。人一倍、洞察力が鋭いし、まるで聖職者に嘘をつくような気分になるからだ。

「速水だ」

「速水さんはどこからそのネタを仕入れてきたんでしょうね」

「交通課の誰かが見かけたということだ」

「だからって、そのあといっしょだとは限らないでしょう?」

「まあ、そうだ。外で別れたのかもしれない。しかし……」

「わかりますよ、チョウさん。黒木のことが心配なんでしょう？」

「野暮なことは言いたくない。警察官と新聞記者が付き合って悪いということはない。二人が真剣ならばな。だが、記者がスクープのために刑事を利用しようとしているとしたら、これは問題だ」

「だいじょうぶですよ、チョウさん。黒木の性格を知っているでしょう。あいつに限って間違いなど起こしませんよ」

「黒木は真面目だ。だがな、須田。ああいうやつに限ってハマったときはこわいんだ」

須田は生真面目な表情から、一変していたずらっこのような笑顔になった。

「チョウさん。それって、一般論ですね」

「一般論？」

「真面目なタイプは一途でもろい……」

「そうだな。一般論だ。だが、一面の真実でもある」

「黒木はだいじょうぶですよ。あいつは意外と計算高いんです」

「計算高い？　黒木がか？」

「そう言うと悪く聞こえますがね。あいつは賢いんです。だから、俺、あいつのこと信用してるんですよ」

安積は、しばらく須田の顔を眺めていた。やがて、言った。

「おまえがそう言うのなら間違いないだろう。さて……」

安積はビールの残りを飲み干した。「引き上げるとするか。明日は朝一で会議だ」

目黒区青葉台のマンションは、一家三人で暮らした思い出の場所だ。安積と妻と娘の涼子。離婚して独り暮らしの身には広すぎるかもしれない。だが、安積はそのマンションを手放さずにいた。いまだにローンを払いつづけている。売り払ってもっと手頃なマンションに引っ越せば生活は楽になることはわかっていた。だが、踏み切れずにいた。思い出は時として安積を苦しめる。その苦しみを戒めとして受け入れることで、何らかの贖罪をしているような気分になれる。

安積が縒りを戻したがっているのだろうと言う者もいる。速水などはそう信じている。そうなのかもしれないと安積は思う。しかし、どうしていいのかわからずにいた。

エレベーターを降りたとき、部屋の前に誰かが立っていた。安積は、苦い表情で言った。

「若い女性が、こんな時間にこんなところに立っているものじゃないと、以前言ったことはなかったかな?」

その声に、東報新聞の山口友紀子記者が顔を上げた。

「安積係長。お帰りを待っていたんです」

なるほど魅力的な女性だ。署の若い連中がしきりに噂するのもわかる。長い髪に、紺色のスーツ。ミニスカートから伸びる脚は適度に肉感的で美しい。スーツの胸がはち切れそうに盛り上がっている。知的でくるくるとよく動く大きな目。鼻は小さいが、唇との兼ね合いで愛くるしく見える。

「夜回りか？　話すことなどないよ」

「連続通り魔強盗の容疑者。自白したんですか？」

「そんなことは話せない。明日の次長の会見まで待ったらいいだろう。さ、帰るんだ」

「何か聞き出したくて、こうして待ってたんだけどなあ……」

「捜査本部ができたわけでもないのに、なんでこうして自宅までやってくるんだ。事実、他の社の連中は誰も来ていない」

「みんなたいした事件だと思っていないのかもしれないですね。でも、あたしはそうは思わないんです」

「どういうことだ？」

「襲われたのは、みな女性です。その点が問題だと思うんです。他の記者は男だから、そういうことは気にならない……」

「君がどういう興味を持とうと、私には関係ない。さあ、帰るんだ。こんな時間に廊下で立ち話していると、近所迷惑だ」

「だったら、お部屋でお話ししません？」

「ばかを言うな。刑事が記者を自宅に入れると思うか？」

「個人的なお願いだとしたら？」

安積は、相手にできないというふうに眼(め)をそらし、ポケットから鍵(かぎ)を取り出した。

「さあ、つまらん冗談を言っていないで帰るんだ」

「若い女性が外にいるとわかっていてドアを閉ざすのは気が引けるでしょう。係長はそういう人だわ」

「そう。たしかに気が引ける。だが、相手が新聞記者ならば平気だ」

「あたし、部屋に帰っても独りなんです。係長も独り暮らしでしょう？　しばらく話し相手になってくれませんか？」

安積は大きく息を吸い、吐いた。

「独り暮らしだから、君を部屋に入れることなどできないんだ。さあ、私はもう寝たいんだ」

山口友紀子は、かすかに笑った。その笑いが妙に妖艶（ようえん）に見えた。安積はことさらに無視するようドアを開け、部屋に入った。

「わかりました」

山口友紀子は悪びれた様子もなく言った。

「今日のところは引き上げることにします。残念だわ」

安積は、小さく溜め息をついた。

この女は、男の心をまどわせるツボを心得ている……。

安積は最後に、ずっと気になっていたことを尋ねた。

「きのうの夜、黒木といっしょに飲んだそうだね？」

「ええ。『磯樽』で……」

「いっしょに店を出たそうだな」

「あら……」

友紀子は、また妖艶な笑みを浮かべた。

「係長、気にしてくれるんですか？」

「私が気にしているのは君のことじゃない。黒木のことだ。その後、どうしたんだ？」

「なあんだ、つまらない。その後のこと？　それは個人的なことだからおこたえできませんね」

「黒木は真面目なやつなんだ」

「わかってますよ。それが何か……？」

安積は再び溜め息をついた。

「いや、いいんだ。おやすみ」

安積はドアを閉ざした。

ややあって靴音が遠ざかっていった。ほっとすると同時に、妙に心残りな気がした。

ばかな……。心残りだと……。

安積はネクタイをむしり取り、サイドボードからウイスキーを取り出した。国産の安酒だ。オンザロックにして一口ごくりと飲んだ。

脳裏に友紀子の大きくよく光る眼や、豊かな胸、形のいい脚などが残っていた。心が騒いでいる。それが安積を不安にさせた。自分自身への不安ではない。黒木が気掛かりなのだ。

若い男が同じ目に遭ったらひとたまりもないな……。

実際、安積でさえ心穏やかではないのだ。ひどく惜しいことをしたような気がしている。

オンザロックを三口で飲み干し、さらに一杯作った。

酒で胸の中から友紀子の印象を追い出した。そして、サイドボードの上にある写真を見た。十代の頃の娘の写真だ。妻の写真はない。娘の涼子の顔をじっと見つめていると、ようやく心のざわめきがおさまっていった。

黒木とあの娘が何かあっても、安積がとやかく言う問題ではない。恋愛はどんなカップルにおいても自由だ。

しかし、と安積は思う。

刑事として間違ったことだけはやってもらっては困るのだ。

3

翌日、強行犯係の刑事たちは、長沢由香里の行方を追うとともに、その共犯と見られるヤクザ者の特定に全力を挙げた。金子課長は、知能犯係やマル暴から応援を回してくれた。

捜査というのは、ある一点から急展開する。マル暴の協力で、問題のヤクザ者の身元が割れた。江島幸治という名のチンピラだった。特定の組に正式に所属しているわけではない。いわゆる半ゲソだ。

長沢由香里はアルバイトという形で六本木のランパブで働いていた。江島幸治は、その店の客として知り合い、親しい仲になったということだった。

マル暴が中心になって江島幸治の足取りを追った。安積には、明日あたり捕り物になる予感があった。捜査の網はそこまで絞られている。安積は、その日捜査員たちに早上がりを命じた。刑事たちは、午後七時には帰路についた。


次の日、署に出ると、村雨が足早に近寄ってきた。

「係長、これ、見ましたか？」

いつになく顔色を変えている。

村雨が手にしているのは、東報新聞の朝刊だった。「社会面です」

安積は、一目見て言葉を失った。

「連続通り魔強盗、被害者が加害者に？」

そんな見出しだった。

急いで活字を追った。神南署管内で起きた連続通り魔強盗の容疑者は逮捕されたが、警察は、さらに五人の被害者のうちの一人の足取りを追っており、その被害者が実は共犯の疑いもあると見られている。そういう内容の記事だった。

長沢由香里の名前は出ていない。しかし、本人が読めば、すぐにわかるだろう。村雨と桜井が、安積を見つめている。須田と黒木はまだ出てきていない。安積は、村雨たちのほうを見ずに、課長室へ向かった。

課長は、睨むように安積を見ていた。安積が言うより早く、課長は言った。

「洩れたな、係長」

「すぐに逮捕状を請求して指名手配にしましょう」

「容疑者じゃなく、参考人だぞ」

「すでに、容疑は固まったと見るべきでしょう。連続通り魔強盗の共犯、ならびに島田裕一に対する恐喝です」

「間違いはねえな。誤認逮捕はまっぴらだぜ」

「だいじょうぶです。もうひとりの共犯者、江島幸治も指名手配すべきだと思います」

「わかった。手配しよう。だがな、係長、どこから洩れたんだ？」

「わかりません」

「おまえさんの手下じゃねえだろうな」

「そう信じたいですね」

安積は、課長室を出た。課長にはああ言ったが、安積の頭には黒木のことがあった。東報新聞の単独スクープ。記事を書いたのは山口友紀子記者に間違いない。

強行犯係は全員顔をそろえていた。他の係からの応援もその場にいた。安積は、事務的に言った。

「長沢由香里、江島幸治の二人が指名手配されることになった。東報新聞の記事のことは知っているな。二人のうちどちらかが記事を読んだら、面倒なことになるかもしれない。すぐにかかってくれ」

全員がすぐさま立ち上がった。村雨が言った。

「よその署に身柄を持ってかれないように、気を引き締めてな」

いいぞ、村雨。

安積は思った。私が言いそびれたことをちゃんと補ってくれるというわけだ。

刑事たちは、部屋を出ていった。

捜査の網は充分に絞られている。あと一歩だ。今日中には捕り物になるはずだった。あの記事がどれくらい影響するか……。

そのあたりは読めなかった。二人が記事を目にしない可能性もある。あるいは、記事を読んだがために悪あがきをして、かえって捜査を助けることになるかもしれない。安積は、そう考えることにした。須田の楽観主義を真似てみるのもいい。

しかし、あの情報はどこから洩れたんだ……。

やはり黒木のことが気になった。山口友紀子にそそのかされて、つい情報をしゃべってしまった……。そんなことがあり得るのだろうか？

須田は黒木に限ってと言った。しかし、それは犯罪者の身近にいる者が決まって言う台詞だ。

安積は一昨日の友紀子を思い出していた。部屋の前で安積の帰りを待っていた彼女は、抵抗しがたいほど女性的な魅力にあふれていた。それは容姿だけの問題ではない。たしかに彼女は、男心をくすぐる。それが計算されたものなのか、天性のものなのかは、安積にはわからない。

黒木が同じような目に遭っていたとしたらどうだろうな……。

警察官などというのは、あまり女性に縁のない生活を送っている。黒木に特定の恋人がいるという話は聞いたことがない。そんな黒木が友紀子に言い寄られたら、断りきることはできないかもしれない。

安積のもとへはひっきりなしに連絡が入る。安積はその情報を整理して、そのつど的確な指示を出さなければならない。ふと戸口に山口友紀子の姿が見えた。

安積は迷った後に、課長に言った。

「すいません。ちょっと席を外したいんです。電話をお願いできますか？」

「おう。どんな状況なんだ？」

安積は手短に進捗状況を知らせた。金子課長は安積の席にどっかと腰を下ろして言った。

「こっちの席のほうが居心地がいいな」

安積は、部屋を出た。新聞記者が数人おり、その中に山口友紀子がいた。

「ちょっと話がある」

友紀子は、屈託のない笑顔を見せて安積に近づいてきた。

別の記者が言った。

「東報さんだけ特別扱いですか？　女の魅力にゃ勝てないのかな」

東報新聞にスクープを抜かれ、苛立っているらしい。その口調に刺があった。

安積はその記者を鋭く睨んだ。

「今朝の記事についてのクレームだ。捜査の妨害になりかねない。そこんところをクギを刺すだけだ。何ならあんたもいっしょに油を絞ってやるが……」

その記者は、首をすくめて目をそらした。安積は、小会議室へ向かった。取調室に連れて行こうかと思ったが、それはやり過ぎだと思いなおしたのだ。

「座ってくれ。訊きたいことがある」

「何ですか？」

「今朝の記事のことだ。あれを書いたのは君か？」

「そうですが……」

「まず第一に、警察はあの記事で迷惑をしている。そのことをはっきりと言っておきたい」

「私たちは、国民の知る権利を代表しているんですよ」

その口調は言葉の内容ほど強いものではなかった。幾分の冗談を含んでいるように聞こえる。

「あの記事を読んで、第一の被害者が、行動を起こすとは思わなかったのかね？」

「行動？　例えば……？」

「遠くへ逃亡するとか……」

「警察が長沢由香里を追っているということは、すでに姿をくらましているということでしょう。新聞記事が出る前に、逃亡する気があるのなら、もうしてますよ」

安積は、友紀子の顔をじっと見つめた。

「長沢由香里の名は発表していないはずだが……」

「記者会見で発表しなくたって、調べればわかりますよ」

安積は、友紀子が一筋縄ではいかない記者であることを実感しはじめていた。この記者なら持てるものすべてを仕事に利用しようとするだろう。それが、生まれもった容姿であろうと……。

「まあいい。済んだことはしかたがない。質問はもうひとつある。あの情報はどこから手に入れた？」

友紀子は目を丸くして見せた。安積との会話を楽しんでいるように見える。

「それは言えませんよ、係長」

「教えてもらいたい」

「いいですか？　刑事にもルールやモラルがあるように、記者にもモラルがあるんですよ。ニュースソースを明かさないというのもそのひとつです」

「捜査の妨害は記者のモラルには入っていないようだな」

「警察が隠すからいけないんです。情報を明らかにしてもらった上で、その扱いについて協力を要請されれば言われたとおりにします。報道協力の要請が出ている誘拐事件などを抜く記者はいません」

「どこから情報が洩れたかは、私にとって重要なことなんだ」

「ニュースソースの秘密を守ることは、あたしにとって重要です」

「先日、黒木とのことを尋ねたな？　実を言うと、私は黒木のことを疑っている」

「黒木さんのことを？」

「二人の間で何があったかなどということは詮索はしない。しかし、もし黒木が情報を洩らしたのだとしたら見過ごすことはできないんだ」

友紀子が何か言おうとしたとき、突然ドアが開いた。金子課長が顔を覗かせて言った。

「係長。二人の身柄を押さえたぞ。男の自宅に二人で潜伏しているところを見つけた」

安積は反射的に尋ねた。

「逮捕状は？」

「今、マル暴の主任が裁判所に行ってくれている。じきに下りるはずだ。署に引っ張ってきてから拝ませてやるさ……」

そこまで言って金子課長は友紀子に気づき、しまったという顔をした。

山口友紀子は安積に尋ねた。

「長沢由香里が逮捕されたということですね？　二人というのは？」

課長がぴしゃりと言った。

「明日の次長の会見まで待つんだな」

「今からなら、第一報が夕刊に間に合うわ……」

友紀子は、そうつぶやくと会議室を飛び出して行った。

「俺、へまやっちまったかな?」

課長が言った。

「いいえ。どうせ、もう何人かの記者は気づいてますよ。いっそのこと、臨時の会見をやったほうがいいかもしれませんね。そのほうが公平だ」

「わかった。次長と相談してくる。あとのことは頼んだぞ、係長」

課長が出ていった。

結局、黒木のことは聞けなかったな……。

安積は席に戻り、長沢由香里と江島幸治の身柄を運んでくる捜査員たちのために受け入れ態勢を整えた。

取調室を二つ開け、記者たちを整理するために地域課の応援を要請する。

ほどなく、二人の容疑者を連れた一行が署に到着し、にわかに慌ただしくなった。捜査員たちは、それまでの経緯を互いに交換して、取り調べの材料を固めていった。

そうした慌ただしい時間が過ぎ、刑事部屋に静かな倦怠(けんたい)の時間が訪れた。須田・黒木組が長沢由香里の、そして村雨・桜井組が江島幸治の取り調べを担当していた。

やはり、先に口を割ったのは江島のほうだった。その結果を知らせるために、安積は須田たちが担当している取調室に向かった。

「どうだ?」

安積が顔を出すと、須田は心からほっとしたような表情を見せた。

「どうもこうも……」

「ちょっと……」

長沢由香里がはすに構えてわめいた。「これどういうこと? あたしは被害者なんだよ。あの変態をあたしが脅しただのなんだの……。妙な言いがかりをつけないでよ」

「あなたはもう被害者ではありません。さきほど逮捕状をお見せしたはずです」

「だから、それが言いがかりだといってんだよ。帰らせてよ」

「それはできません。あなたは任意同行ではありません。逮捕されたのですよ」

「冗談じゃないわ。弁護士呼んでよ」

「けっこうです。ご希望ならお呼びしましょう」

安積がそう言うと、長沢由香里はしげしげと安積を見た。それから須田と黒木の顔に視線を移した。

この娘はようやく自分の置かれている立場をはっきりと認識したのだ、と安積は思った。

「あなたは通り魔の被害に遭われた。これは事実です。しかし、この事件にはその先があります。犯人の島田をどこかで見かけたのですね。あなたは、彼を利用しようとした。江島幸治に持ちかけ、島田を脅して強盗をやらせることを計画したのです。そして、それを実行した。これは強盗の教唆犯であり恐喝の罪も加わります。逮捕状を提示したときにそれは説明しましたね」

長沢由香里は、そっぽを向いて口を閉ざした。

「江島幸治が自白しましたよ。彼は、あなたにそそのかされただけだと言っています」

長い沈黙。やがて、由香里は言った。

「ふん。あんな変態。脅してどこが悪いのよ。あたし、警棒で殴られたんだからね。そうよ。あなたの言うとおりよ。家の近くであいつを見つけたわ。通り魔やっておいて、平気であの辺をうろついているのが頭にきたのよ。後をつけて、自宅を確かめたわ。それから幸治と計画を練った。飲み屋で誘ったら、あいつ、のこのこと幸治が待っている部屋までついてきたわ……」

安積は、発言を筆記している黒木の姿を見た。須田にうなずきかけて取調室を出た。

一件落着の乾杯。捜査員たちの至福の瞬間だ。安積もコップ酒をあおった。黒木はいつもと変わらず、ちびちびと酒を飲んでいる。

まあ、いいか。

安積は思った。結果オーライだ。友紀子が書いた記事も捜査に支障をきたしたわけではなかった。かえって、安積に逮捕状請求、指名手配のふんぎりをつけさせる役割を果たした。そう考えるべきだ。

金子課長がそっと安積に近づいてきた。

「係長、ちょっと……」

「何です?」

「ちょっと、あっちへ……」

安積は課長について課長室へ入った。

「すまねえ、係長」

「どうしたんです、いったい……」

「例の記事な、出所はどうやら、俺たちらしい……」

「俺たち……?」

「次長に報告しようと次長席へ行ったんだ。そうしたら、次長はいなかった。署内を捜し回って、便所の前で見つけた。俺はあせってたんでな。つい、その場で打ち合わせを始めちまったんだ。立ち話だ。そのとき、例の女記者がそばにいたらしいんだが、俺は気にしなかった。女だということで気が緩んだんだな……」

「は……」

「あの女記者、俺たちの立ち話を聞いて、裏を取りに飛び出したんだろう。それで記事にしたんだ。面目ねえ」

安積は、体の芯から力が抜けるのを感じた。笑いだしたい衝動にかられた。これは安積にとってひょっとしたら、犯人逮捕よりうれしいニュースだったかもしれない。黒木はシロだった。

「つい気を許してしまうのが女のこわさですよ」

安積は言った。「彼女、いろいろと引っかき回してくれますね」

トイレへ行こうと刑事部屋を出ると、友紀子が立っていた。

「さっきの続き?」

「え……?」

「黒木さんの話」

「ああ。あれはもういいんだ」

「はっきりさせておきたいわ。黒木さんは、あたしにこっそり情報を洩らしたりする人じゃないわ」

「わかっている。疑った私が愚かだった」

「それと、あの夜」

「『磯樽』で飲んだ日か?」

「そう。いっしょに店を出たのはたしかよ。飲み直しましょうとあたしが誘ったのもたしか」

「それで?」

「刑事と記者だ。他人に勘繰られるようなことはしたくない。黒木さんこうよ。そして、さっさと帰っちゃったの。あったまきちゃった。まったく、係長といい黒木さんといい」

「刑事なんてそんなもんだ」

「だから、あたし気に入ってるのよね。二人とも」

友紀子はくるりと背を向けると階段のほうへ去って行った。安積は、またしても溜め息をついていた。

署内での茶碗酒の勢いで、安積以下強行犯係の一行は、久しぶりにそろって飲みに出かけた。場所は『磯樽』。

酒が回ってしまう前に安積はどうしても済ませておきたいことがあった。黒木の隣に席を移ると、安積は言った。

「黒木、済まなかったな」

黒木は生真面目な顔を安積に向けた。

「何です、係長」

「いや、何も訊かないでくれ。ただ、ひとこと言っておきたかった」

須田が安積と黒木のほうを見ていた。仏像のような顔に意味ありげな笑みを浮かべている。安積は急に気恥ずかしくなり、手を伸ばして須田のコップにビールをなみなみと注いだ。

自首

1

「自首してきたぞ」

捜査本部にその知らせが入ったのは、夜の九時過ぎだった。その場にいた捜査員たちは、それぞれの形で身動きを止めて戸口を見た。次の瞬間、そちらに我先に駆け出していた。

安積警部補も戸口を見つめていた。

「たまげましたよ、チョウさん……」

須田部長刑事が言った。「七十過ぎの婆さんですよ」

「婆さん……？」

「ええ。今、取調室に連れて行きました。会ってみますか？」

安積警部補は立ち上がった。

「行ってみよう」

「しかしね、チョウさん。強盗殺人の犯人が老婆だなんてね……」

取調室の机に向かって小柄な老婆が座っている。無言で俯いていた。白髪がほつれてひどくやつれたような印象がある。

村雨部長刑事が取り調べを始めようとしていた。安積を見ると村雨は席を代わろうとした。だが、安積はかぶりを振った。そのまま村雨にやらせて様子を見ていようと思ったのだ。

「まず、名前、住所、年齢を聞かせてください」

村雨は型どおりの取り調べを始めた。

老婆はぼそぼそと小さな声でこたえた。名前は太田トヨ。住所は渋谷区神宮前四丁目。年齢は七十五歳だった。

「それで、あたしがやったというのはどういうことなんだ？」

「わだすがやりますた……」

太田トヨには東北地方の訛りがあった。

「何をやったんだ？」

「人殺しです」

「誰を殺したって？」

「宝石屋のご主人です」

「それはいつの話だね？」

太田トヨは、おろおろとした眼を村雨部長刑事に向けた。皺の中にある眼は小さく悲しげだった。老婆はすぐに眼をそらし、しきりに何かを考えていた。

村雨は容赦のない口調で言った。

「いつのことなんだ?」

「えづだったか……。三日ぐれえ前のことだっだと思います」

「三日ぐらい……?」

村雨は、安積の顔を見た。安積は何も言わなかった。村雨は質問を続けた。

「どうやって殺したんだ?」

「包丁で……」

「包丁でどうやったんだ?」

「刺すますた」

「どこを……」

「お……覚えておりません。わだすは、夢中ですたすけ……」

村雨は溜め息をついた。

「その包丁はどうした?」

「埋めますた」

「どこに?」

「公園です」

「どこの公園だ?」

「うちの近所にある公園です」

「公園の名前は?」

「覚えていないすけ……」

老婆の声は、消え入るようにかすかだった。その後、村雨は教科書どおりの取り調べを続けた。可もなく不可もない。神経質で杓子定規な性格がそのまま出た取り調べだなと安積は思った。

神南署管内の宝飾店で殺人事件が起きたのは、三日前のことだ。原宿の竹下通りから右の脇道に入ったところにある小さな個人経営の店で、それほど高くない石やシルバーの装飾品などを並べているような宝飾店だ。

被害者は、店主の横山和彦。四十二歳の脱サラだ。犯行時刻は、深夜の十一時から一時くらいの間と見られている。めった刺しだった。腹部と背面に合計十六箇所の刺し傷がある。さらに首にも傷があった。凶器は鋭い刃物。強盗殺人だ。かなりの金品が盗まれているはずだったが、被害額はまだ確定されていない。

神南署に捜査本部ができた。「宝飾店主強盗殺人事件捜査本部」という長たらしい名前で、渋谷署、神南署、そして警視庁捜査一課の合同捜査本部だった。

強行犯係長の安積警部補は、捜査本部では予備班に回っていた。デスクだ。

「どう思います、係長」

村雨が取り調べの報告書を指さして言った。安積は言った。

「おまえさんだって、あの婆さんがやったとは思っていないんだろう」

「当然ですよ。婆さんが宝飾店に強盗に入るだなんて信じられませんからね。体力的にも無理でしょう」

「だとしたら、自首してきた理由は明らかだろうな」

「誰かをかばっているというわけですね……？」

「だろうな」

「ということは、太田トヨの身辺を洗えば、ホンボシにたどり着く可能性が高いということですね」

「おそらくそういうことだろう」

本部の電話が鳴り、渋谷署の係長が取った。彼は言った。

「何？　凶器が出た？　太田トヨの自宅近くの公園？　わかった。鑑識に回してくれ」

太田トヨの供述をもとに、公園を捜索していた班からの知らせだ。太田トヨの供述は正しかった。

（これはちょっとばかりやっかいなことになるかもしれないな……）

安積は寝不足で脂が浮いた顔を両手でこすりながらそう考えていた。

「あの婆さん、アパートに独り暮らしなんですね」

須田部長刑事が言った。須田は明らかに刑事としては太り過ぎだ。いつも何かに驚き、うろたえているように見える。些細なことに同情し、世の中を嘆く。およそ刑事らしくない刑事なのだ。

しかし、そういう態度が須田独特の処世術であることを、安積は知っている。須田は見かけよりずっと多くのことを深く考えている。彼の嘆きやつぶやきは、しばしば真実を洞察する呼び水となる。

「身寄りは?」

「娘が二人いましてね。それぞれに家庭を持っています。一人は所沢、一人は川崎に住んでいますが」

悲しげな溜め息。「どうも、二人とも母親のことを邪魔者扱いなんですね。婆さんは、青森の出身でしてね。早くに連れ合いを亡くして女手一つで娘たちを育てたそうです。東京に出てきたのが三十年ほど前。六畳に台所だけのアパートで子供たちを育てたんです」

「今住んでいるアパートがそうなのか?」

「ええ。今じゃ、神宮前四丁目といえば地価も高くて高級マンションばかりが目立ちますが、当時はまだ安アパートがたくさんあったようですね。取り壊し寸前のアパートですよ」

「おまえさんは娘さんたちに会ったのか?」

「会いました」

「何かわかったか?」

「それぞれに子供を抱えてたいへんなようですね」

「子供? つまり、容疑者の孫か?」

「ええ。長女の息子は、今年高校を卒業しました。予備校通いだそうですよ。次女には娘が二人。高校生と中学生です。どちらも難しい年頃ですよね。典型的な中流家庭です。長女の旦那は自動車のディーラーで営業部長をしています。次女の旦那は銀行員です」

「孫か……」

須田の目が細くなった。仏像のような顔つきになる。何かを思案しているときの表情だった。

「チョウさんの考えていることはわかりますよ。かばうとしたら、やっぱり身内でしょう？　娘かその家族を疑うのがセオリーですよね。でも、どちらの娘にもその家族にもアリバイがあります。それに、彼らはこのあたりに土地鑑がありません」

「遊びに来たことはないのか？」

「少なくとも、婆さんを訪ねたことはないようですね。そればかりか、婆さんはほとんど娘たちに会っていないようですね」

「信じがたいな。たった一人の母親だろう……」

「珍しいことじゃありませんよ、チョウさん。みんな自分の生活に追われているんです。いろんな意味で過去に縛られたくはないんですよ」

「親が過去のことだと言うのか？」

「そりゃ、娘さんたちは気になっているでしょう。でも、ご亭主や子供のことのほうが現実ですからね。俺も思いますよ。どうして自分の家族のことと親のことをいっしょに考えられないのだろうってね。でも、都会で暮らすのってそれだけたいへんなんですよ。自分の生活で精一杯なんでしょうね」

安積警部補はいつしか須田の話に引き込まれているのに気づいた。須田のセンチメンタルはたしかに伝染する。

「わかった」

安積は言った。「鑑取りを続けてくれ」

須田はまだ何か言いたそうにしていたが、やがてよたよたと安積のもとを去っていった。離れた席に腰を下ろすと、須田はまた悲しげに溜め息をついた。

あいつは何かを予感しているのかもしれない。安積は思った。他の刑事が感じないような何かを……。


捜査本部の議論は、安積が恐れていた方向に向かいはじめた。凶器に関する供述が一致したことで、太田トヨの容疑が強まっていた。

もちろん、太田トヨが実行犯である可能性は依然として低いと考えられていた。しかし、共犯の可能性が濃厚であると考えられるようになっていた。何より、自首してきたという事実は動かしがたい。

刑事事件の捜査では、十の証拠より一つの自白なのだ。自白の影響力はそれほど大きい。トヨに対する取り調べの目的は、共犯者の有無を追及する点に絞られてきた。

すでに逮捕状が下りており、太田トヨは神南署内で正式に逮捕されていた。

取り調べを担当していた渋谷署の係長が、本部に戻ってきて安積に言った。

「いや、まいった。ああいうのはどう攻めていいのかわからんな」

「しゃべりませんか？」

「しゃべらないというんじゃなくてな」

渋谷署の係長は困り果てているようだった。「要領を得んのだ。犯行の事実関係も曖昧だしな……。ぼけちまってるのか、何ともはっきりしないんだ。東北訛りで、私がやりましたと繰り返すだけだ」

「太田トヨがやった可能性は本当にないのでしょうね」

「何言ってるんだ、ハンチョウ。あんな婆さんには無理だよ」

「火事場のくそ力ということもあります」

「腹や背中の傷だけなら何とかなるかもしれねえがな、あの首の傷だよ。鑑識によると、被害者より背が高い者の犯行である可能性が高いとのことだ。被害者は身長一七五センチ。あの婆さんはせいぜい一五〇センチだ」

安積はうなずいて、そばにいた村雨部長刑事に尋ねた。

「容疑者の交友関係は？」

「近所付き合いもあまりないようですね」

村雨はこたえた。「かつては知り合いもいたのでしょうが、みんな引っ越してしまって……。新しい住人たちとはなかなか馴染めなかったようですね。だいたい、同じアパートに住んでいる連中は、婆さんの話し相手になるようなやつらじゃありませんよ。アパートには四部屋ありますがね、他の部屋に住んでいるのはいずれも若者でしてね。それも、何をやっているかよくわからない連中ばかりですよ」

「何をやっているのかよくわからない？」

「一人は、ミュージシャンだと言っています。決まった仕事はなくコンビニなどでバイトをしています。一人は、これもプータローです。最後の一人は自称デザイナー。こちらもその日暮らしですね。三人とも婆さんとの接点はありません。おそらく、話をしたこともないでしょう」

「ビルの谷間の、時代に取り残されたような安アパートで……」

渋谷署の係長が言った。「婆さんが一人でひっそりと暮らしていたんだな。誰とも話をせず、楽しみもなく……」

みんな、どうしちまったというんだ。

安積は思った。まさか、須田のセンチメンタルが捜査本部中に伝染してしまったわけじゃあるまいな……。

「地取りからの報告を待ちましょう」

安積はつとめて事務的な口調で言った。

「目撃情報が得られるかもしれません」

「ハンチョウ、婆さんに話を聞いてみるかい？」

「あなたが訊いて何もわからなかったんです。私が尋問しても同じですよ」

「そうとは限らんよ」

「いずれにしろ、今日はもう無理でしょう。容疑者の年齢を考えれば、体力がもうもたないでしょう。会うにしても、明日以降にしますよ」

「そうだな。それがいい」

安積は、渋谷署の係長が言った光景を思い描いていた。訪ねる者もなく、ただひとりで、その日その日を生きている老婆。故郷へ帰ることもできず、ただ都会の隅でひっそりと生きるしかないのだ。夕方になれば一人でもそもそと飯を食う。話をする相手もおらず、夜になれば布団を敷いて眠る。

六畳の部屋にぽつねんと座っている老婆。安積は慌ててそのイメージを頭から追い出した。

2

捜査は急展開した。

地取り班が有力な目撃情報を得た。事件当夜、犯行現場の宝飾店のほうから走り去る若者が目撃されていた。

目撃者は当夜、人気のない公園で情熱的な一時を過ごしていた若いカップルだった。ふたりともまだ十代だが、女性のほうの証言が比較的しっかりしていた。互いの体をまさぐり合いながらも、彼女のほうが冷静だったようだ。

その目撃情報をもとに、さらに聞き込みを進めたところ、長髪の若者が捜査線上に急浮上してきた。

人相風体から、その若者は太田トヨと同じアパートに住むミュージシャンではないかと思われた。名前は、江藤弘一（えとうひろかず）。十九歳だった。ミュージシャンといっても決まった仕事があるわけではない。仲間とロックバンドを組んでおり、インディーズのレーベルで一度だけCDを出したに過ぎない。

捜査員が自宅に訪ねると、江藤弘一は逃げ出した。捜査員は追跡し、緊急逮捕した。署に連行して取り調べを行っているが、現在のところ黙秘しているという。

安積は江藤弘一に話を聞いてみることにした。

取調室の江藤は、緊張を露（あらわ）にしていた。顔色が極端に悪いし、体のどこかを動かしつづけていた。眼、指、肩……。

「江藤弘一だね？」

安積は尋ねた。返事はない。

「捜査員が訪ねていくと、君は逃げ出したそうだね？　なぜだ？」

やはり無言。

「君には黙秘する権利がある。だが、それが立場を悪くすることもある。こたえるんだ。なぜ逃げた？」

江藤弘一は、一度安積と眼を合わせすぐに視線をそらした。そして、もう一度安積を見るとようやく口を開いた。

「昔、マリファナをやったことがあるんだ。それで……」

「捜査員はマリファナのことなど言わなかったはずだ。殺人事件の捜査をしているとはっきりと告げたはずだが」

「知らねえよ、そんなこと」

明らかに虚勢を張っている。

「君には、宝飾店主強盗殺人事件の容疑がかかっている」

「何だよ、それ……」

安積は、事実がじっくりと相手の心に染みわたるのを待つように間をとった。江藤弘一はさらに落ち着きをなくした。

「事件の夜、現場付近で君を目撃した人物がいる」

「人違いだよ」

「太田トヨという人を知っているかね?」

「誰だよ、それ」

「君と同じアパートに住んでいるお婆さんだが……」

「ああ……。あの婆さんか……。それがどうかしたのか?」

「話をしたことはあるか?」

「さあね」

「ちゃんとこたえるんだ。話をしたことはあるのか、ないのか？」

「覚えてねえよ。ババアのことなんか」

この言葉に嘘はなさそうだった。

もし、江藤弘一が犯人ならば、なぜ太田トヨが自首してきたのかがわからない。今のところ、二人をつなぐ線はただ同じアパートに住んでいるということだけだ。太田トヨが江藤弘一をかばう理由がわからない。

安積は迷いはじめていた。

もしかしたら、事実は安積たちが追い求めているのとはまったく別のところにあるのではないだろうか？

「あのお婆さんがな」

安積は賭けに出るような気分で言った。

「宝飾店の店主を殺したのは自分だと言っている」

わずかな沈黙。江藤弘一は明らかに戸惑っていた。だが、それはごくわずかの時間だった。

「それなら、その婆さんがやったんだろう。俺は関係ねえよ。帰っていいだろう？」

安積はますますわからなくなった。江藤が犯人だとしたら、太田トヨと江藤は何らかの関係がなければならない。それも、浅からぬ関係だ。でなければ自分が罪を被ろうなどとは思わないはずだ。

しかし、太田トヨとの関係については、江藤弘一は嘘を言っていないように見える。太田トヨに話を聞いてみなければならないかな。安積は思った。なぜか気が重かった。

「太田トヨさんですね」

安積は、小さな老婆を見つめた。老婆は俯いたままだ。

「はい」

「何度も同じことを訊かれたでしょうが、もう一度こたえてください。あなたは、宝飾店の店主を殺したと言っていますが、いつどうやって殺したのですか?」

「何日か前の夜に、包丁で刺すますた」

老婆の姿は今にも消えてなくなりそうだった。かさかさになった皺だらけの手。それを膝(ひざ)の上に置いている。背は丸く、ことさらに体が小さく見える。白髪は乱れ、疲労の色が濃かった。

「なぜ殺したのですか?」

「金が欲しかったです」

「暮らしがたいへんだったのですか?」

「たいへんでした……」

「殺したのは何月何日だか覚えていますか?」

「……はっきりとは覚えてません」

老婆の声は小さい上に、東北の訛りがあって安積には聞き取りにくかった。

「江藤弘一という人を知っていますか？」

太田トヨは頭を上げなかった。

「いいえ……」

「あなたと同じアパートに住んでいる自称ミュージシャンです。楽器をやっている若者ですよ」

太田トヨは姿勢を崩さなかった。しかし、一瞬、その体に緊張が走ったのを安積は見逃さなかった。

「その若者を知っていますね？」

太田トヨはこたえない。

「今、その若者はこの警察署にいます」

太田トヨは、ゆっくりと頭を上げた。安積と眼が合った。皺の中に埋もれた小さな眼。それが、何かを訴えようとしている。

「警察の者が事情を聞きに部屋を訪ねたのです。そうしたら、江藤弘一は突然逃げ出したのです。それで緊急逮捕されました。もうじき、正式に逮捕されます。宝飾店店主殺害の容疑者として……」

「どうしてですか？」

老婆は言った。「わだすが犯人だと言ってるではないですか？」

「自供だけで結論を出すわけにはいかないのです。私たちは真実を知りたいのですよ」

「だから……」

老婆は言った。「だからわだすが犯人ですと……」

「なぜ、あの若者をかばうのです？」

「かばう？」

「そう。あなたはあの若者が犯人であることを知っている。だから、自首してあの若者を助けようとした。なぜです？　江藤弘一とはどういう関係なのです？」

「知りません。そんな人は……。わだすがやりますた」

安積は溜め息をついた。今まで、ひっそりと感情を閉ざしていた老婆が、感情を露にしはじめている。江藤をかばっているのはすでに明らかだ。

だが、その理由がわからない。二人のつながりがつかめないのだ。太田トヨから事情が聞ければ、江藤の容疑を確固としたものにできる。

「トヨさん。罪は償わなければなりません。たとえ、江藤をかばって代わりに罪を着ようとしても、送検の段階や裁判でそれは覆されてしまう。本当のことを教えてください」

「わだすがやったと言ってもだめなのですか？」

「そう。だめです。いずれ本当のことは明らかになるのです。江藤のことを教えてください」

太田トヨはおろおろと視線をさまよわせた。そして、さきほどのように俯いてしまった。再び感情を閉ざしてしまったようだ。

今日のところはここまでか。

安積は諦(あきら)めかけた。そのとき、ぽつりと太田トヨが言った。

「あの子(ご)はええ子(ご)です」

安積は何も言わなかった。言葉を差し挟まず、相手の言うことを聞いたほうがいいと思ったのだ。

「一度、アパートの階段で声かけてくれで……、荷物さ持ってくれました。あの子はええ子なんです」

安積はまだ黙っていた。

「あの子には、将来があります。今に売れっ子になるんだと、そのとき言ってますた。将来があるんです。未来があるんです。これからやらなぐてはなんねこどがいっぱいあるんです」

「しかし、罪は罪なのですよ」

「このババには、未来などねえです。たあだ生きているだけです。わだすならば、このまま消えですまっても、誰も悲しまねえっす。あの子と命の重さが違うのっす」

「そんなことはない……」

「刑事(けいず)さん。後生だから、わだすば犯人にしてけろ。このババはもう用済みなのだす。あの子には、将来があるのっす」

「生きている限り……」

安積は言った。「生きている限りあなたにだって未来はあるんですよ」

「わだすはもういいのです。はだらいて、はだらいて、ふたりの子供さ育てて……。今は何もねえっす……。人さまの役に立つこともねえ……。生きていてもしがたねえっす」

「だからといって、あなたが罪をかぶる理由にはならない」

「あの子はええ子なんです。将来があるのです」

それきり、太田トヨはひっそりと俯いていた。


太田トヨは、その後、事実を話した。あの夜、江藤弘一がひどく取り乱した様子で帰宅するのをたまたま見かけたのだという。江藤は再び出かけた。トヨは気になって後をつけた。そして、江藤が公園に包丁を埋めるところを見た。翌日テレビで事件を知りすべてを悟ったのだ。太田トヨの言葉を伝えると、やがて江藤弘一は自供した。一件落着。だが、捜査本部の雰囲気はどこか湿っていた。

恒例の茶碗酒となったが、なぜかしんみりと飲んでいる刑事が多い。

「うれしかったんでしょうね……」

須田が安積に言った。

「うれしかった?」

「江藤に声をかけられ、親切にされたことが……。江藤は気まぐれだったのかもしれない。でも、太田トヨはうれしかったんですよ。だから……」

「私は何も言ってやれなかったよ」

「誰だってそうでしょう……。チョウさんだけじゃありませんよ」

「自分には何もないと感じている太田トヨには、江藤の将来が大切に思えたんだな。江藤の言うことなどはったりだったかもしれない。だが、トヨにはこのうえなく大切に思えたのだ」

「自分の身内でもない若者の将来がですか?」

「誰の将来でもよかったんだ。そこに未来を見たかったのかもしれない」

「年を取っていくって、何なんでしょうね、チョウさん」

「わからん。だが、いずれ私たちも年を取る。それだけは間違いない」

捜査本部が解散して一週間。神南署もすっかり通常の勤務態勢に戻っていた。

「じゃあ、チョウさん、ちょっと聞き込みに回ってきます」

須田部長刑事が言った。安積は顔を上げて言った。

「何の件だ?」

「ええと……。ああ、アイドル・ショップの窃盗の件です」

「このところ、おまえさんが茶菓子を買って聞き込みに行くという噂(うわさ)が立っているぞ」

「え……」

須田はあからさまにうろたえた。「俺、そんなことをしちゃいませんよ」

「気まぐれで茶飲み話の相手をしても、かえって迷惑になるだけだぞ」

「何のことです、チョウさん」

「まあいい……。俺の分もよろしく伝えてくれ」

「やだな、何言ってるんです。チョウさん……」

須田はぶつぶつ言いながら刑事部屋を出ていった。

安積はそのよたよたした姿を見ながら、小さくかぶりを振り苦笑を浮かべていた。

刑事部屋(デカベヤ)の容疑者たち

安積警部補は、四人の部下を見回して言った。

「では、この四人が容疑者ということになるな……」

目の前にいるのは、強行犯係のメンバーだ。須田三郎部長刑事、村雨秋彦部長刑事、黒木和也刑事に桜井太一郎（たいちろう）刑事の四人だ。

四人の刑事たちは、無言で安積警部補を見返していた。

「おまえたちの誰（だれ）かがやった。これは間違いない」

村雨は、相手にできないといったふうに、自分の書類仕事に戻ろうと目を伏せた。村雨部長刑事は、生真面目（きまじめ）な男だ。仕事にそつがない。こういう男を上司に持ったら息苦しいに違いないと安積はいつも思っていた。

頼りになる部下だが、正直言って好きなタイプではなかった。

この村雨といつもペアを組んでいるのが桜井だった。桜井は、どんどん自分の感情を押し殺すようになっていきつつあるように、安積には思える。それが、村雨のせいかどうかはわからない。だが、ついそう考えてしまう。

今も、桜井は、無表情に安積を見返しているだけだった。

黒木は、敏捷（びんしょう）な男だった。村雨とはまた違った生真面目さを感じさせる。一流スポーツ選手が持つ神経質さを、この刑事は持ち合わせている。彼の机が、四人の中で……、いや、安積も含めた五人の中で一番整頓されている。

黒木は、ちらりと須田部長刑事を見た。彼はいつも須田と組んで行動している。このふたりは、実に対照的だ。

鍛え上げられたしなやかな体格を持ち、常にきびきびとした動きを見せる黒木に対して、須田は明らかに太り過ぎだった。動きはのろくぎこちない。

その須田が、いつものように傷ついたような表情で見つめていた。

「容疑者ですって？」

須田は、目を丸くして精一杯の抗議をするような感じで言った。「チョウさん、その言い方はないでしょう」

「やったことを疑われる者、つまり容疑者だ。私の言い方は間違っていない」

「でもね、チョウさん……」

須田は、安積が係長になった今も、『チョウさん』と呼ぶ。通常、チョウと呼ばれるのは、主任の部長刑事だ。「俺たち以外だって、やろうと思えばできることですよ」

「他の者には動機がない」

「俺たちの動機って何です？」

安積は、その問いにはこたえなかった。その代わりに言った。

「今日という日の意味を知っているのは、おまえたちだけだ」

「その点は課長だって知っているんじゃないですか?」

「課長は、知らない」

「知らない?」

須田は意外そうな顔で訊き返した。

「そうだ。課長は、今日という日のことを知らない。おそらく、知っているのは、署内ではおまえたちだけだ。湾岸分署からずっといっしょにいるおまえたちだけなんだ」

「チョウさん……」

須田は、いたずらを計画している小学生のような表情になって言った。「俺たち四人が容疑者だという根拠を聞かせてもらいたいですね」

「須田。おまえさんは、私に挑戦する気か?」

「いや、挑戦だなんて、そんな……」

「係長。いいかげんにしてくれませんか……。私ら、仕事を山ほどかかえてるんです」

村雨が言った。

「犯人が素直に口を割ってくれれば、すぐに他の連中は解放してやる」

須田は村雨の顔を見た。それから須田は、黒木の顔を見た。

黒木はもともと無口な男だ。今は、さらにおとなしい印象があった。口を開こうともしない。

須田が言った。

「チョウさん。俺と黒木は、今日はずっと外でした。例の強盗について聞き込みをやっていたんです。ですから、俺たちじゃありませんよ」

「外からだって段取りはできる。電話一本あればできることだ」

「ふたりとも、ずっといっしょでした。ということは、俺は黒木を監視していたわけですし、黒木は俺を監視していたことになります」

「別々になったことだってあっただろう。トイレに行くとか……」

「そりゃまあ……」

「ほんの一分、電話をかければいいんだ。トイレに行った隙にでもできる」

「ねえ、チョウさん。俺たちは、聞き込みをしていたんですよ。そういうときの刑事って、どんなものか知ってるでしょう。獲物の臭いを追っている猟犬ですよ。それ以外のことを考えている余裕なんてありませんよ」

「だからこそ、私は問題だと思っている。仕事中に他のことを考えていたことになる。しかも、やり口から見て、事前に計画していたようだ」

そこまで言ってから、安積はふと思いついたように言った。「そうだ。事前に事を運ぶこともできたはずだ。電話するのは今日でなくてもいい。昨日だっていい。その前だっていい。事前に電話しておけば……」

「そう。誰にでもできます」

村雨がいつにもまして陰気な声で言った。

「だが、誰も名乗り出ようとしない。ならば、誰もやっていないんです。そういうことじゃないんですか?」

「私もおまえたちが嘘をついているとは思いたくはない。だが、おまえたちは四人。その数が偶然でないかぎり、あることを物語っているんだ」

「あることって、何です?」

桜井が思わず尋ねた。

この若い刑事は、こういう形でいつも大切なことを拾い上げる。他の刑事の間隙を縫って、何かを見つけてくるのだ。

安積は、桜井をじっと見据えて言った。

「その問いにはこたえられない。こちらの手札をさらすことになるからな。刑事は、尋問の際に相手の問いにこたえてはならないんだ」

それは誰もが知っているテクニックだった。四人の部下は、あらためて安積が刑事であることを——それも、とびきりに優秀な刑事であることを思い出したように顔を見合った。

課長が、強行犯係の奇妙な雰囲気に気づいて、わざわざ席を立ち、安積に近づいてきた。

「係長、何事だね?」

安積は、四人の部下のほうを見たままこたえた。

「今、尋問をしているんです」

「尋問……?」

「こいつらの口を割らせるんですよ」

課長は目をぱちくりさせた。

「おだやかじゃないな。いったい何が起きた？」

「私ら、容疑者というわけでして……」

須田が愛想笑いのような苦笑い（にがわら）のような不思議な表情を浮かべて言った。

「容疑者？　署内で犯罪があったというわけか？　しかも、現職の刑事が容疑者だと？」

安積は、ようやく四人から視線を外した。ゆっくりと課長のほうを向くと、彼は言った。

「実は、私のプライベートなことに関係してまして……」

「どういうことだね？」

安積の代わりに村雨がこたえた。

「今日は係長の娘さんの誕生日なんです」

「娘さん……？　ああ、離婚した奥さんとの間の……」

「そう。涼子さんといいます。たしか二十一歳になるはずです」

安積は、苦い顔で力なく言った。

「村雨。よけいなことは言うな」

課長がそれを遮っ（さえぎ）た。

「説明してくれ、村雨。何が起こったんだ？」

「誰かが、娘さんに花を贈ったのだそうです。係長の名前で……」

「花を……？」

課長は安積の顔をしげしげと見た。安積は、説明せざるを得なくなったことを知った。

溜め息をつくと、彼は言った。

「そういうことです、課長。誰かが娘に花を贈った。私の名前で、です。そいつは、私が娘の誕生日に何もしてやらないと考えたわけです」

「そう考えても不思議はないな」

課長は言った。「おまえさんは、自分の生活をなおざりにしすぎる。たしかにおまえさんはいい警察官であり、いい上司だよ。だが、いい夫でありいい父親であるとは思えない」

「だから、私はそのペナルティーを負いました。離婚したんです」

「娘さんはそのとばっちりを食ったに過ぎん。おまえさんは、今でも父親なんだよ」

「やっぱり、課長なんじゃないんですか？」

須田が言った。その口調には、どこかおどけたような響きがある。いつもの須田らしくはなかった。

「私は、安積くんの娘さんの誕生日など知らなかった」

「そういうことなんだ」

安積は、須田に言った。「おまえたち四人が問題なんだ」

「そういうことをやるのは須田しかいませんよ」

村雨が面倒くさげに言った。「私は、そういうことに興味はありませんからね」

「要するに、何が問題なんです？」

桜井が尋ねた。

安積ではなく、課長がこたえた。

「父親失格だと思われた。それが悔しいのだろう？　花を贈った犯人は、安積くんが娘さんに何もしてやらないと思っていた。あるいは、娘さんの誕生日を忘れているかもしれないと考えた。その点が不本意なんじゃないのかね？」

「私のことなど、どう思われてもかまいません。私は、ただ名乗り出てほしいと言っているのです」

「係長は、周囲の雑音が気になるのでしょう？」

村雨が言った。「まわりの人間は、係長が奥さんと縒りを戻したがっているのではないかと思っている。そして、できればそれに協力したいと考えている。それが迷惑なんじゃないのですか？　娘さんに花を贈ったりするのはよけいなお世話だというわけですね？」

安積は一瞬、驚いたように村雨を見たが、すぐに不機嫌そうに眼をそらした。彼は、一言だけ言った。

「そういうことじゃないよ、村雨……」

須田が、何かを思いついたらしく、ぱっと表情を明るくした。

「奥さんじゃないんですか？　花を贈ったの……」

安積は、かぶりを振った。

「違う。実を言うと、私は誰が犯人か知っている。それは、おまえたち以外には考えられない」

須田は急に深刻な表情になった。まるで捜査会議のときのようだった。彼の表情は、めまぐるしく変化する。

「犯人を知っているですって、チョウさん……」

「ああ。知っている。だが、私は、本人に名乗り出てほしかった」

「何だか、いたずらを責めている学校の先生みたいな言い方ですね」

須田はにやにやと笑った。

「そうだな。そういう気分だよ。おまえたちは出来のよくない生徒のようだ」

「なら、犯人を指名してください」

村雨が言った。「さっさとこんな話は終わりにしてほしいですからね」

安積は、村雨をじっと見た。そして、おもむろに言った。

「それなら言ってやろう。村雨。娘に花を贈ったのは、おまえだ」

ほかの三人がいっせいに村雨を見た。村雨は苦い顔をしている。

須田が困惑したように言った。

「村雨が……」

そして、安積は須田に言った。

「そして、須田。おまえも犯人だ」

「え……」

「それに、黒木、桜井、おまえたちもだ」

四人は安積を見つめていた。課長が安積に尋ねた。

「どういうことだね？」

「さきほど、娘から電話がかかってきました。花の礼を言う電話です。娘は言いました。お父さんの名前で、五つも花束が届いた、と。それも、みな同じピンクの薔薇だったそうです」

四人が互いに顔を見合った。彼らは、驚き、うろたえている。須田が言った。

「何だ……。みんなも同じことをやっていたってわけか……」

村雨が相変わらず苦い表情で言った。

「おまえらが、それほど気がきくとは思っていなかったよ」

須田が気づいて言った。

「あれ、チョウさん。花束は五つと言いませんでしたか？」

「もちろん、私も贈ったよ。その点をはっきり言っておきたかった。私は、娘の誕生日を忘れたりもしなければ、ないがしろにもしない」

課長は、あきれたように肩をすくめ、自分の席に戻っていった。

安積が言った。

「皆に礼を言うよ。私のことを気づかってくれたのだからな。だが、おまえたちは、私に秘密で事を運び、嘘をつき、私を騙せると考えた」

安積は初めてかすかに笑った。「刑事であるこの私を、だ……。罰として、明日、私がおごる酒を飲まなければならない」

「参りましたよ、チョウさん。俺たち、おとなしくその懲罰を受けますよ」

須田が言った。「明日、何も事件がなければね」

異動

1

「桜井さんが動きそうだって？」

トイレを出ようとしているときに、ふとそんな声が聞こえて、桜井太一郎刑事はどきりとした。ドアを細く開けてそっと廊下を見た。サツ回りの記者が二人廊下にいて、立ち話をしている。

今し方の台詞は東西タイムスの近藤という小柄な記者が、東報新聞の山口友紀子記者に言ったものだった。

桜井は聞き耳を立てていた。

「嘘でしょう？」

山口友紀子が言った。「まだ確かな情報が流れる時期じゃないわ」

「噂だよ。だが、火のないところに……って言うだろう？」

「根拠があるというわけ？」

「さあね……。僕は小耳にはさんだだけだから……」

「桜井さんは強行犯係一番の若手よ」

「だから、白羽の矢が立ったということも考えられる。若いやつはいろいろと経験を積む必要がある」

「あなたが人事担当者みたいな口ぶりだわね」

「一般論だ。だが、安積係長や金子課長が桜井さんをどう評価しているかは気になるところだな……」

「係長とは前の署からいっしょだったんでしょう？」

「かなり特殊なケースだ。東京湾臨海署、通称ベイエリア分署でいっしょだった」

「知ってるわ。臨海地区の開発が大幅に縮小されたので、ベイエリア分署はハイウェイパトロールの分駐所になってしまった。そこで、新設された神南署に、強行犯係が丸ごと引っ越してきたのよね」

「そういうことだ。しかし、またしても事情が変わってきた。お台場にテレビ局が引っ越したり、東京湾横断道路が開通したりで臨海地区の重要性が再び増してきたというわけだ。そこで東京湾臨海署の再建がかなり現実味を持って議論されている」

そんなことはどうでもいい。桜井は思った。僕の異動の噂とはどのようなものなのか？

「それが桜井さんと何の関係があるの？」

「安積係長がまた臨海署に戻るという噂もある。さて、そのときにだ、誰(だれ)を連れて行きたいと考えるか、だ……」

「警視庁の人事が、現場の思いどおりになるはずないでしょう」

「だが、担当者の評価はおおいに参考にされるはずだ」

「じゃあ、安積係長が桜井さんをあまり評価していないということ？」

桜井は、首筋が冷たくなるような気がした。寝耳に水だった。自分の異動が署内で噂になっていることなど、今の今まで気づかずにいた。

「ある程度、評価が参考にされると言っても、好き放題やれるわけじゃない。いまの強行犯係全員を連れて行くのは無理だが、特に誰か連れて行きたい者はいるかと訊かれたとする。安積係長は誰とこたえるかな？」

「須田部長刑事か黒木刑事よね」

「やっぱりそう思うだろう？」

桜井はなんだかひどく腹が立ってきた。新聞記者があらぬ噂を流しているだけかもしれない。その無責任さに腹が立った。そして、彼らが話題にした安積係長の評価というのは、おそらくそのまま彼ら新聞記者の評価なのだ。彼らは、馬券を買うように人事異動で出世する者、左遷される者を言い当てて楽しんでいるのだ。それが許せなかった。

さらに、もし、東西タイムスの近藤が言うとおりだとしたら、先輩や上司の扱いにも腹が立つ。

噂は本当かもしれず、なんだか心配になってきた。

桜井は村雨と組んでいる。村雨は神経質な刑事で、その上口うるさい。村雨といるとどうしても自分を殺さざるを得ない。言われたことだけをやるようになる。新米は余計なことは言わずに、上の者に言われたことだけをちゃんとやればいい。村雨はそういうふうに考えるタイプだ。

安積係長が僕を評価していないとすれば、それが消極的と見られたからだろう。だが、どうすればいいと言うのだ？　でしゃばれば村雨にお小言を食らう。だが、おとなしくしていれば安積係長の評価が下がる。

所詮、警察官など僕には向いていないのかもしれない。安い給料でこき使われる。まあ、それは仕方がない。電話一本で夜中に呼び出されることもしばしばで、なかなか自分の時間が持てない。それも我慢しよう。だが、警察の人間関係には我慢ならないところがある。大学の体育会そのままの雰囲気がそこかしこに見て取れる。独身寮などに入ればいまだに主がいる。たいていは出世を諦めたいい年の巡査長で、新人や若い警官をいじめるのを生き甲斐としているのだ。

それも我慢してきた。念願の刑事になれ、安積係長に出会えた。実際、安積係長の下でなければもう続いていなかったかもしれない。

その安積係長が僕を評価していない……。

それは、少なからず衝撃だった。

僕は一所懸命にやっている。毎日くたくたになるまで働き、年中寝不足だ。それでも評価されないというのなら、これ以上警察にいても仕方がない……。

桜井は、勢い、そんなことまで考えていた。

その日、桜井は当直だった。夕食後、テレビを点けぼんやりと眺めていると、電話が鳴った。街中で喧嘩だという。ストリート・ギャング同士の出入りだという。

昔、ギャングといえばシカゴあたりの暗黒街の連中を言ったが、今ではニューヨークやロサンゼルスなどの都会のストリートにたむろする少年たちのことを指すようになった。日本でも、その連中を真似した若者が増えている。一時期チーマーと呼ばれていた連中は少なくなり、少年たちはどんどんギャング化している。れっきとした犯罪集団だ。

桜井は、その連中が武器を持っているかどうかを確かめた。珍しいことに素手でやり合っていたという。片方のグループが四人、片方が五人。明治通りを挟んでちょうど宮下公園の反対側にある児童会館の前で暴れていた。

桜井は地域課に任せると言った。第一報を署に入れた地域課の外勤は、形勢不利だったほうのグループが訴えを起こし、傷害事件になる恐れがあると言ったが、桜井は喧嘩両成敗だと譲らなかった。

昼間の噂話が尾を引いて、どうにもやる気が起きない。喧嘩でいちいち出かけて行っては刑事の体がもたないよ、と桜井は心の中で言い訳をしていた。喧嘩を地域課に任せるのは誰でもやることだ。

当直といっても、たった一人で署内に残っているわけではない。警察署は四六時中、人の出入りが絶えない。地域課や交通課は四交替の二十四時間勤務だ。深夜に引っ張られてくる酔漢や非行少年少女……。けっこう夜中の署内はにぎやかだ。

桜井が強行犯係のソファで仮眠を取ろうとしていたところへ、無線が流れた。

神南署管内で殺人事件だ。桜井はすぐにメモを取り安積係長に電話をした。その後、安積の指示で強行犯係全員に集合をかけた。

現場は、竹下通りを脇に入った細い路地だった。小さなアクセサリーショップや若者向けのジーンズショップ、ブティックなどが集まっており、ごちゃごちゃとした感じがする一帯だ。

神南署地域課の外勤警察官たちがすでにビニールの綱を張りめぐらし、現場の保存に努めていた。機動捜査隊が初動捜査に当たっている。

桜井が駆けつけると、地域課の巡査部長が言った。

「さっき電話を取ったのはあんたか？」

「え……？」

「ガキどもの喧嘩の件だよ」

「ああ……。そうです、自分です」

何か文句が言いたそうだった。たかが喧嘩でいちいち刑事に顔を出せというのか。

「済んだことでしょう。自分は殺人事件の捜査に来たんです。言いたいことがあるのなら、後で聞きますよ」

「いったい、安積さんはどういう教育をしてるんだ」

巡査部長は怒りに目をぎらぎらさせた。桜井もその言いぐさに腹が立った。

「刑事課のことはあなたの知ったことじゃないでしょう」

「俺は、刑事が必要だと思ったから呼んだんだ。なのにあんたは無視した。その結果がこれだ」

巡査部長は、ビニールの綱で囲った中を指さした。

「どういうことです？」

「したたかに殴られたほうの少年たちが仕返しに武器を持って戻ってきた。ナイフでめった刺しだ。即死だよ」

桜井は後頭部を殴られたような気がした。

「仕返し……？」

「ただのガキどもの小競り合いには違いない。だがな、あいつらはそれだけじゃ済まないことがある。ばかな意地を張るんだ。だから、後々のことがないようにと、あんたらに電話したんだ。だが、あんたは無視した」

「いや、別に無視したわけじゃ……」

「刑事がわざわざお出ましになるほどのことじゃないと思ったか？　俺はな、用がないのに刑事を呼んだりはしないよ」

「もっと詳しく事情を話してくれれば……」

「そういうことは暇なやつに言ってくれ」

巡査部長はさっと背を向けると、桜井のもとから歩き去った。

へまをやっちまった。

桜井は唇を嚙んだ。

なんてことだ。時期が悪過ぎる……。

もちろん、桜井が考えたのは人事異動のことだった。安積警部補はそれでなくても桜井をあまり評価していないという噂だ。ここで味噌をつけたら取りかえしがつかない。

桜井は忙しそうに立ち働く鑑識係員や機動捜査隊員をぼんやり眺めて立ち尽くしていた。

どうしてあの時、ちゃんと地域課の話を聞こうとしなかったのか……。悔やんでも悔やみきれなかった。

「どうした、何をしている？」

後ろから声をかけられて、桜井ははっと振り返った。安積係長が立っていた。

「自分も今し方やってきたところです」

「他の連中はまだか」

「はい……」

「どういうことになっているんだ？」

「は……、あの……。ギャング同士の喧嘩があり……」

「ギャング……？　ああ、街にたむろする不良少年たちを最近はそう呼ぶんだったな……。

それで？」

「いったんは収まったのですけれど、ひどくやられたほうが、武器を持って引き返してきたということです」

「最初の喧嘩は地域課が扱ったのか?」

「はい……」

「じゃあ、地域課の話を聞こう。責任者は誰だろうな」

桜井は、小学生の頃職員室に呼ばれた気分を思い出していた。いたずらを先生にとがめられるときの気持ちだ。

彼は溜め息をついて言った。

「あそこにいる巡査部長です」

「わかった。話を聞いてくる。おまえは機動捜査隊から話を聞いてくれ」

「はい……」

安積は地域課の巡査部長のほうに歩み寄った。桜井は、あの巡査部長が安積に何を言うか気になってしかたがなかった。

機動捜査隊に話を聞こうと思うのだが、どうしても安積と巡査部長のほうが気になってしまう。

安積は相手の話を聞いて難しい顔をしている。桜井が、喧嘩を地域課に押しつけた話は当然しただろう。安積はそれをどう思うだろうか……。

ひょっとしたらそれが決定的なことにつながるかもしれない。安積係長が、誰を一緒に連れて行きたいと考えるか……。新聞記者たちはそんな話をしていた。人事異動を前にしたこの時期には、特に安積係長の心証をよくしておかなければならない。それなのに……。

もし、交番から連絡が来たときに桜井が駆けつけていれば、殺人事件は起きなかったのだろうか？　桜井は考えた。

それはわからないが、僕の責任を追及したがるやつは大勢いるだろうな。

まず第一にあの巡査部長。そして、村雨部長刑事。もしかしたら、安積係長も桜井を糾弾する側に回るかもしれない。桜井は暗澹とした気分になってきた。

まったくついてない。よりによって、僕の当直の夜にこんなことが起きるなんて……。

桜井は、村雨がやってくるのを見た。それでさらに暗い気持ちになった。状況を説明すると、村雨は、苦々しい顔で舌を鳴らした。何かが不満のようだ。誰に対して、何が不満なのか、桜井にはわからなかった。

黒木刑事がきびきびとした身のこなしでやってきて、すばやく現場の様子を観察した。最後にやってきたのは、須田部長刑事だった。よたよたと駆けてくるのだが、その恰好がいかにも不器用そうだった。

強行犯係が顔をそろえたところへ、安積が戻ってきた。

桜井は何か言われることを覚悟していた。だが、安積は桜井個人には何も言わなかった。全員に向かって説明を始めた。

「不良少年グループ同士の抗争だ。午後九時頃に小競り合いがあって、それが原因で殺人事件となった」

村雨がすぐさま尋ねた。

「……ということは、犯人が割れているということですか？」

「そうだ。地域課の外勤によると、グループは四人。そのうちの誰が犯人かは特定できないが、四人の住所、氏名はわかっている」

「じゃあ、楽勝じゃないですか」

村雨が言った。「さっさと、身柄取りに行きましょう」

「おまえさんの言うとおり、簡単だといいんだがな……。犯人グループの行動パターンがはっきりとしない。彼らは自宅には帰っていない。それは地域課がすでに確認している。ここ数ヵ月帰っていないということだ」

「今どこにいるかわからないということですか？」

須田が尋ねた。滑稽なくらいにしかつめらしい顔をしている。須田は、こういう話をするときはそういう顔をしなければいけないと信じているようだった。

「そういうことだ。私は渋谷署、原宿署に協力を要請する。皆は、犯人グループの行方を追ってくれ。まだ近くに潜伏している可能性がある」

安積は、不良グループ四人の名前と人相を言った。

長髪が二名で、太田玲児と木之下守。二人とも痩せ型で長身だということだ。髪を金色に染めた男が一名。その名は清水康幸。それに髪を短く刈った大柄な男、相原源太だ。

桜井は、同僚が話し合っている間も、気が気ではなかった。安積がどう考えているかがひどく気になった。この一件は、自分の評価に影響を及ぼすだろうか？

自分は、神南署の刑事課に残ることができるのだろうか？

もしかしたら、どこかの交番勤務に逆戻りするのではないだろうか……。

刑事になれたというのは、桜井の誇りだった。警察に入ったときから刑事を志望していたのだ。他の部署に回されるのなら、警察にいる意味はない。

あの巡査部長は、どういう言い方をしたのだろう。安積係長は、それをどう判断したのだろう。そして、係長は課長に報告するだろうか？　そんなことばかりが気になった。

いつもの組み合わせで地取り捜査を開始した。つまり、桜井は村雨と組み、須田と黒木が組んだのだ。安積は、今夜は単独で行動する。

桜井はいつ安積に呼ばれるか冷や冷やしていた。だが、安積にその様子はない。何も言われないことが、かえって心配になってきた。自分から声をかけてみようか？

だが、そのとき、桜井は村雨に呼ばれた。

「おい、ぐずぐずするな。こういう事件はスピードが勝負だ。タイミングを逃すと、こじれちまう」

桜井は仕方なく、歩きだした。

村雨と二人で夜明け前の街を歩き回るうちに、桜井は、ますます不安が募ってきた。どうすることもできない苛立ちが加わり、いても立ってもいられない気分になってきた。こんなことなら、さっき、係長に訊いておくんだった。係長はどう思いますか？　地域課の巡査部長は僕のことを何か言っていましたか？　それについて、係長はどう思いますか？

桜井はひそかにかぶりを振っていた。

とてもそんなことを訊くことはできない。そんな度胸はなかった。

2

「どこに消えちまったんだ……」

村雨が苛立たしげに言った。

四人の行方はわからなかった。現場付近を中心に聞き込みを行ったが、何せ深夜のこと、目撃者がいない。また、商店や飲食店もすでに閉まっており、四人が逃げ込む場所もそれほど多くはなさそうだった。

朝方までやっている飲食店やクラブなどは真っ先に当たった。クラブもすっかり下火になっていた。かつては、朝まで混み合っていたものだが、今では客足も深夜には途絶え、朝まで開けている店も少なくなっている。

ここで犯人を検挙すれば、点数を稼げるかもしれない。桜井は次第にそう考えるようになっていた。とにかく、挽回のチャンスはめったにやってこない。

「署に引き上げるか……」

村雨が言った。「他の連中が何か情報をつかんでいるかもしれない」

村雨が桜井に何か言うときは、同意を求めているようでも、それは命令だった。桜井は黙って村雨に従わねばならない。

しかし、この時ばかりはおとなしく従う気になれなかった。

「村雨さん、先に帰ってください。自分はもう少し当たってみます」

「当たってみるって、何か心当たりがあるのか？」

村雨は明らかに気分を害したようだった。だが、今は村雨の気分より安積の気分だ。

「心当たりなんてありませんよ。でも、このまま引き上げる気になれないんです」

「よせよせ、こりゃもうこのあたりにはいないぞ。明日、捜査態勢を立て直して臨んだほうがいい。今日はもう引き上げるんだ」

「捜査本部ができるということですか？」

「殺人事件だ。そうなるだろうな。渋谷署や原宿署の協力を得たほうがいい」

冗談じゃない。

捜査本部などできたら、完全に将棋の駒にされてしまう。凶器の割り出しのために、一日中ナイフなど刃物を扱っている店を回るはめになるかもしれない。そうなれば、桜井自身の手で犯人逮捕などできない。

地味な捜査でも成果を上げることはできる。だが、桜井は、それでは今回の失点を償うことはできないと考えていた。

「僕はもう少しこのあたりを見て回ります」

桜井は譲らなかった。

「おまえを一人で残すわけにはいかないんだよ。私の言うとおりにしろ」

「もう少しだけです。大丈夫、携帯電話も持っていますし、何かあればすぐに連絡します」

村雨は、疲れ果てた様子で言った。

「わかったよ。好きにしろ。だが、一時間だけだ。一時間後には署に引き上げて来い。いいな」

「わかりました」

村雨は、背を丸め、足早に神南署に向かった。原宿駅前から消防署通り――通称、ファイヤー通りに抜ける途中に神南署がある。

もう皆引き上げたのだろうか？

桜井は竹下通りにたたずみ、あたりをゆっくりと見回していた。殺人現場の殺伐(さつばつ)とした慌ただしさはすでに去っていた。救急車やパトカーなどがすでに姿を消している。鑑識も機動捜査隊も引き上げたのだ。

もう一度、殺人現場のあたりを見回ろう。桜井がそう思って歩きだそうとしたときだった。

若い二人組の男が、路地からひょいと現れ竹下通りのコンビニに入っていった。若者がロンゲと呼ぶ長髪、背の高い男だ。もう一人は短髪のたくましい男だ。

犯人グループの中の人相に合致する。桜井は、胸が高鳴るのを感じた。

ついている。まだ、僕は運から見放されているわけじゃなさそうだ。

もし、彼らが犯人グループの中の二人だったら、こいつは大手柄だ。桜井は携帯電話を取り出した。

だが、そこで躊躇(ちゅうちょ)した。

もうへまをやるわけにはいかない。彼らが本当に犯人グループのメンバーなのか。もしそうだとしたら、あとの二人はどこにいるのか。そういうことを確かめたうえで連絡したほうがいい。

幸い、村雨に言われた時間にはまだ余裕がある。

桜井は商店の陰に隠れて、コンビニを見張った。やがて、問題の二人が現れる。大きく膨らんだビニール袋を二つずつぶら下げている。二人分の買い物にしては量が多いような気がした。

四人分の食料の買い出しかもしれない。それはおおいに考えられる。桜井は、ますます彼らが犯人グループのメンバーである可能性が増したと思い、全身が熱くなるのを感じた。

獲物を見つけた狩人(かりゅうど)の興奮だ。

はやる心を抑え、桜井は二人が消えていった路地に向かった。尾行を開始したのだ。彼らが残りの二人のところへ案内してくれるかもしれない。

二人は細い路地を縫うように進んだ。頭の中に地図が入っていなければとっくに迷っているだろう。

桜井は、神南署に配属になったときにとにかく地図を頭にたたき込めと言われた。所轄の強みは土地鑑だ。新設署である神南署は、いまだに渋谷署や原宿署との線引きで揉(も)めることがある。そのために地図とにらめっこをする毎日を過ごしたことがあるのだ。

もうじき表参道に出てしまうのではないかと思ったとき、二人はビルの階段を上って行った。二階のドアをノックする。

そこは小さなバーのようだが、すでに看板の明かりが消えている。閉店しているようだった。二人はそのバーの中に消えた。暗がりの中、『サイドワインダー』という店の名前がようやく見て取れた。

応援を呼ぼうか迷った。だが、まだ何も確認したとは言えない。今確実なのは、長髪の男と短髪の男がコンビニで買い物をして、閉店後のバーに入っていったという事実だけだ。

確認しなければならない。何とかして中の様子を探(さぐ)ることはできないだろうか?

窓は内張りをされているようで、明かりも洩(も)れていない。ドア越しに様子をうかがうしかないが、それでは確実なことは何一つわからない。

結局、桜井は一人でできるのはここまでだと思い、署に連絡することにした。内ポケットから携帯電話を取り出そうとしたとき、首筋にひやりと冷たいものを押しつけられた。

仰天して携帯電話を取り落としてしまった。電話は、からからと転がり、暗がりの中に入ってしまった。

首筋に押しつけられているのは、明らかに金属だ。ただの金属ではない。凶悪な感触でそれがわかる。ナイフだ。

「こんなところで何をしている」

背後から押し殺した声がした。

「いや、何って……」

桜井はごまかそうとした。「道に迷ってしまってね……」

「電話しようとしていたな」

「そうなんだ。すっかり遅くなったんで、タクシーを呼ぼうと思ってね……」

桜井はぐいと左の肩口を後ろから引かれた。体の向きが変わり、相手と向き合う形になった。ナイフは相変わらず首筋にあてがわれている。

かなりの刃渡りがあるサバイバルナイフだった。バック製のレプリカのようだ。もしかしたら本物かもしれず、そうだとしたら四万円以上する。

刃渡り十九センチ。抵抗する気など起きない。

相手は、長髪の男だった。コンビニに行ったのとは別のやつだ。

全員中にいるものと思っていたんだがな。それが甘かったか……。

一人が様子を見ていたのだろう。見張りというわけだ。なかなか用心深い連中だ。ギャングを気取るだけはある。

だが、その長髪も落ち着いているわけではない。緊張に目を見開いている。その目が街灯に白々と照らし出されているが、ひび割れのように血走っており、異常な感じがした。彼は怯えているのかもしれない。

だとしたら、へたに刺激したらこっちの身が危ない。今は言いなりになるしかない。もっと早く連絡しておけば……。

桜井はつくづく後悔した。今日は後悔ばかりしている。すべてのことが裏目に出るのだ。もしかしたら、命を落とすのはこういう日なのかもしれない。

そう思うとぞっとした。叫び声を上げて逃げ出したかった。だが、その行動は即、死を意味するだろう。桜井は、歯を食いしばって耐えた。

「こっちへ来い」

長髪が言った。右手でナイフを持ち、左手で桜井の肩口をつかんでいる。

「何だよ……」

桜井は言った。「ただ、通り掛かっただけだよ」

「いいから、来るんだ」

長髪がナイフをぐいと桜井に押しつけた。

「わかった。わかったよ」

店の中はひどく狭かった。カウンターが、入るとすぐ右手にある。突き当たりにボックス席が二つ。席はそれだけだ。

一人がカウンターにおり、二人がボックス席に腰掛けていた。カウンターにいるのは金髪の清水康幸、ボックスにいるのが短髪の相原源太に長髪だ。

もうひとり、カウンターの中にいた。フランネルのワークシャツを着ている。口髭を生やしており、四人の少年たちより少々年上のようだ。

その口髭の男が、桜井とナイフを持った長髪を交互に見て言った。

「何だ、そいつは……」

ナイフを持った長髪は、怯えたように言った。

「外にいたんだ。電話をかけようとしていた。怪しいだろう」

「電話？」

口髭の男はナイフ少年を見据えた。「電話はしたのか、しなかったのか？」

「まだしてない」

「その電話はどこにある？」

「どっかに転がって行っちまったよ。いいだろう、そんなこと」

口髭は、顔をしかめて眼をそらした。

「まったく面倒事ばかり持ってきやがって」

四人の少年は気まずそうに顔を見合った。口髭の男の素姓は、だいたい想像がついた。暴力団の構成員か準構成員で、普段から少年たちを利用しているのだろう。

この四人のような少年たちは暴力団の後ろ楯を欲しがる。そうすれば、街中で顔が利くからだ。

「おい、玲児、そいつ、調べてみろ」

口髭の男が、ボックス席にいた長髪に命令した。コンビニに行ったほうの長髪だ。これでふたりの長髪の名が判明した。玲児と呼ばれたのが太田玲児、ナイフを持っているのが木之下守だ。玲児は、桜井の懐と腰を探ると、じっと桜井を睨んだ。

玲児は警察手帳を取り出した。

「こいつ、刑事だ」

3

桜井は、後ろ手に手錠をはめられた。両手の間にはカウンターの支柱がある。立ち上がることもできなかった。

少年たちの会話からだいたいの様子がわかった。四人は、殴られたことが我慢できず、サバイバルナイフを持って引き返した。対立グループと揉み合いになり、相手を刺してしまった。刺したのは清水康幸だ。

彼らは、その場を逃げ出しこの店に逃げ込んだ。ここは彼らの溜まり場に違いない。おそらく、すでに看板だったのだろう。店番をしていた口髭の男は、仕方なく彼らを匿った。彼は四人からジュンさんと呼ばれていた。

ジュンはすこぶる不機嫌だった。人を刺し殺すなどという面倒事を持ち込んだ上に、刑事まで連れてきたのだ。

この先どうしたらいいか、彼らは、言葉少なに語り合っていた。すでに、村雨が言った一時間が過ぎていた。

村雨は、どうするだろうか？

安積は……？

勝手に見回りたいと言い出すわ、時間は守らないわ……。とっくに愛想を尽かして、皆帰宅してしまったかもしれない。そして、僕の命はここで尽きるのだ。

ひたひたと死の恐怖が忍び寄ってくる。少年たちとジュンの話し合いは続く……。

ついにジュンが言った。

「おい、康幸。おまえがやったことだ。最後まで責任を持て」

清水康幸はジュンを見つめた。

「どうすればいいんです？」

「一人殺すも二人殺すも大して違いはねえ。おまえ、この刑事（デカ）始末しろ。同じナイフでやればいい」

誰も逆らわなかった。それが無茶な話であることは少年たちにもわかるはずだ。だが、ジュンには逆らうわけにはいかないのだ。木之下守が、ナイフを康幸に渡した。

康幸は、それを手に取り、ひどく情けない顔で桜井を見た。おそらく、それと同じくらい情けない顔をしていただろう。桜井は、ひっと小さい悲鳴を上げた。

のどの奥がひりひりとするような恐怖だった。

何としても逃れたいと思う一方で、ああ、やっぱりこういうことになるのかという諦めがあった。生き延びたいという気持ちと諦めが頭の中で激しく交錯する。

「待て……」

桜井はかすれた声で言った。「待ってくれ。僕を殺した後、死体はどうするつもりだ？ナイフで殺せば、おびただしい血痕も残る」

ジュンがしかめ面で言った。

「なんとかするさ。さ、康幸、早くしろ」

ナイフを持った康幸が近づいてくる。それは、桜井にとっての終わりであると同時に、康幸にとっても終わりなのだろう。桜井を刺せば、二度とまっとうな世の中には戻れなくなるかもしれない。

康幸はそれを知っているから、安易に桜井に近づくことはできなかった。

「何をぐずぐずしている……」

ジュンが怒鳴った。「さっさとしろ」

そのとき、長髪の玲児が言った。

「何だ、あの音……？」

ジュンが玲児のほうを見た。

「音だと？」

「どこかで、ケイタイか何かが鳴っている」

　ジュンが下唇を嘗めた。

「くそっ。こいつのケイタイだな……。誰かが拾ったりすると面倒だ。おい、玲児、探して来い」

「わかった……」

　玲児が出ていった。

　康幸は、ナイフを手にしたまま、立ち尽くしている。携帯電話の話題に救われたような顔をしている。その康幸に、ジュンが冷たく言った。

「何してる。おまえはおまえの仕事をやるんだ」

　康幸は、桜井のほうを見た。やがて、その眼に感情が映らなくなってきた。何かの薬物をやっているに違いなかった。康幸が桜井から眼をそらした。

　ついに来る。

　桜井も目を閉じていた。

　そのとき、出入り口のドアが開く音がした。ジュンの声がした。

「どうだった、玲児。見つかったか？」

　ジュンはそれだけ言って絶句していた。何かを叫ぶ玲児の声がえらく遠くから聞こえる。

　桜井は目を開けた。

その瞬間に見えたのは、店に飛び込んでくる黒木刑事の姿だった。

黒木は、康幸に体当たりするとナイフをたたき落とした。そして怒鳴った。

「動くな」

彼の手にはリボルバーがあった。

ジュンと三人の少年は凍りついた。信じがたい表情で出入り口を見ている。そこに、須田部長刑事と安積係長が立っていた。

「係長……」

桜井は全身から力が抜けるのを感じた。とめどなく力が抜けて行く。おかげで、すこしばかり失禁してしまった。

さんざん、へまをやった上に失禁か……。

それだけは、皆に知られたくないと思った。

四人の少年とそれを幇助（ほうじょ）したジュンは逮捕された。通報から約三時間後。スピード逮捕だ。しかし、桜井の心の中は晴れなかった。また強行犯係の皆に、迷惑を掛けてしまったという思いが強かった。

どうして『サイドワインダー』に皆が駆けつけることができたか、須田が身振り手振りで説明してくれた。桜井の帰りが遅いので、探しに出ようということになった。それを主張してくれたのは、驚いたことに村雨だった。皆で手分けして探したが、見つからない。

桜井なら、何かあれば必ず手掛かりを残しているはずだ。そう村雨が言い、須田が、電話を鳴らしてみようと言い出した。

やってみると、電話は『サイドワインダー』へ行く階段の脇の暗がりで鳴っていた。そこに集合して様子を見ていると、玲児が『サイドワインダー』から出てきた。

間違いないということで踏み込んだのだった。

署に戻って、桜井はまず村雨に謝った。

「すみませんでした」

村雨は桜井のほうを見ず、黙ってうなずいただけだった。

続いて安積のところへ言って、同じように謝った。安積は、顔を上げた。

「単独行動は危険だ。肝に銘じておけ」

「はい」

それだけだった。安積は、机上の書類に目を移した。逮捕の後は山のような書類を書かねばならない。それを手分けしてもおそらく朝までかかる。

桜井は、何とも落ち着かず、その場から立ち去れずにいた。安積が再び顔を上げた。

「何だ？　まだ何かあるのか？」

「自分は、手柄を立てようと焦っていました」

「誰でもそういう時期はある。今度のことを教訓にすればいい」

「なぜ手柄を立てようとしたかといいますと、つまり、その……、最初に地域課から入った連絡を軽んじたのは自分の責任であり、その失点を挽回しようとしたためであり……」

「何を言ってるんだ、おまえ」

桜井は、諦めたように溜め息をついた。

「つまり、評価を下げたくなかったんです」

「評価だって?」

「自分は刑事を続けたいのです。できれば、ここの強行犯係で……」

「それは、私の考えることじゃない。私に人事権はないよ」

「しかし、ベイエリア分署が復活するという噂があり……」

安積は顔をしかめた。

「誰がそんなことを言った。私は聞いていないし、実際そんなことがあったとしても、私自身が辞令一枚で動かなければならない人間だ。さあ、余計なことを心配していないで、書類を書け」

「はあ……」

桜井は、肩透かしを食らったような気分で安積の机を離れようとした。

「あ、それからな」

安積が言った。桜井は振り返った。「私の仕事はおまえたちを評価することじゃない。フォローすることだ」

内示が出た。

神南署刑事課強行犯係に異動はなし。

桜井は、そのときをもってようやく今回の事件が終わったような気がした。

近藤と、山口友紀子がまた立ち話をしている。すべての始まりは、この二人の噂話からだ。

桜井は、彼らに近づいた。

「耳寄りのネタがあるぞ」

二人はぱっと桜井のほうを見た。

「何です？」

近藤が尋ねた。

「大抜擢だ。ベイエリア分署が再建されるとき、安積係長が署長になる予定だぞ」

「本当ですか？」

山口友紀子記者が目を丸くした。

「信じるかどうかは、あんたらの勝手だ」

桜井は二人に背を向け、心の中で舌を出していた。

ありもしない噂を信じて恥をかくがいいさ……。

二人の記者は何も言わず、立ち去る桜井の後ろ姿を見送っていた。

ツキ

1

通りを行く人々が皆豊かそうに見え、ミハイル・ナザロフは実に不思議な気分になった。若者も年寄りも誰もが間延びした顔をしており、若い女性が挑発的なミニスカートで歩道を闊歩している。ここでは何も危険がないように見える。

こんな街があるなどと考えたこともなかった。

安全な街ならば他にも知っている。例えばイスタンブールなどはきわめて治安がいい。しかし、道行く人々の服装が違っている。イスタンブールの繁華街では貧しい少年たちが靴磨きをしているが、そういう者の姿も見当たらない。

通りを埋めつくしている車の列。ナザロフが生まれ育ったモスクワでも珍しい光景ではない。しかし、決定的に違うことがあった。どの車も新しくぴかぴかなのだ。

東京は異常な街だ。ナザロフはそう思った。とにかく、どこを歩いても新しく清潔で明るい。うらやましいとは思わなかった。モスクワの落ち着いた暗さが懐かしかった。東京の街角の色彩の氾濫や鋭角的な明るさにさらされていると神経がおかしくなりそうだった。

彼は地図を片手に歩いている。神宮前四丁目。今歩いている華やかな通りが表参道であることを地図で確認していた。そこがどんな街であってもかまわない。彼は観光にやってきたわけではない。

観光客を装ってはいるが、このあたりの地理を頭にたたき込むためにやってきたのだ。ターゲットが神宮前四丁目に住んでいる。すみやかに仕事を片づけ、なおかつ安全に逃走するためには、地理に通じている必要がある。

ナザロフは、ふと学生らしい集団がハンバーガーショップに集まっているのに目を止めた。モスクワにも西欧資本の有名ハンバーガーショップが次々とできている。フライドチキンのチェーン店もある。だが、そういう店に出入りできるのは、裕福な階層の連中だけだ。庶民は自宅で固いパンと具があまり入っていないスープで飢えをしのぐしかない。

この街は故郷と何もかも違っている。いや、世界のどの都市とも違っている。

ナザロフはかすかにかぶりを振りながら、ハンバーガーショップの前を通り過ぎた。

須田三郎部長刑事が署対抗の柔道大会に出場することになり、なおかつチームの大将だと聞いたときは、悪い冗談だと思った。安積警部補は知らせに来た総務課の係員を、しげしげと見つめていた。

「他に選手がいなかったのか?」

「さあ、監督の意向で……」

「監督だと? 誰だ?」

「交通課の速水警部補です」

安積は苦い顔のまま眼をそらした。

あいつめ、何を考えているんだ？

「それで、須田本人はどう言ってるんだ？」

「へえ、と……」

「へえ……？」

「それしか言いませんでした」

「それは承諾したということなのか？」

「断りはしませんでしたよ」

安積は考え込んだ。

「大所帯の署では、選りすぐりの選手を送り込んでくる。うちみたいに新設でしかもちっぽけな署は、はなから勝つつもりはないということなのか？」

「さあね。監督に訊いてみてください」

総務課の係員は安積の机を離れて行った。

速水は勝負となると意地でも勝ちたがるタイプだ。そして、与えられた条件の中で最大限の効果を得ようとする。それがよりによって須田を大将に据えるとは……。

そこへ噂の主の須田が帰ってきた。黒木和也刑事といっしょだった。黒木は、豹のように颯爽としている。無駄な肉が一切ついていない。その体型ときびきびした行動は節制と鍛錬を物語っている。

一方、須田はまったく対照的だった。刑事としては太り過ぎかもしれない。よたよたと頼り無げに歩く。黒木にしきりと何かを話して聞かせている。黒木は時折うなずきながら、じっと目を伏せてそれを聞いている。二人は必ずそうしてこの刑事部屋に現れる。

「須田」

「ただいま戻りました。何ですチョウさん？」

署内で安積を「チョウさん」と呼ぶのは須田だけだ。かつて安積が部長刑事だった頃、新米刑事だった須田と組んでいたことがある。そのときからの習慣だった。

「おまえさん、柔道大会で大将をつとめるそうだな？」

「ええ」

「自信はあるのか？」

「やだな、チョウさん。俺が術科なんてぜんぜんだめなの知ってるでしょう」

柔道、剣道、逮捕術などを術科と呼ぶ。たしかに須田は肉体派ではない。武術をやるには性格が穏やかすぎる。

「じゃあ、何で引き受けた？」

「監督がやれって言うんだから、断れないでしょう」

「いやなら私が断ってやってもいい」

須田はなぜか少しばかり傷ついた顔をした。

「別にいいですよ。俺、やりますよ」

須田は自分の都合より周囲の人間の思惑を大切にする男だ。彼に刑事がつとまっているのを不思議がる人間もいる。だが、安積はその理由を知っていた。須田は、周囲の人間が思っているよりずっと多くのことを見る。そして他の連中より深く物事を考えるのだ。

「そうか。まあ、頑張ってくれ」

安積は他に言うことがなかった。


大会は本庁の柔道場で行われた。どこの署も面子にかけて猛者を送り込んでくる。安積の神南署も、なかなかの選手をそろえていた。須田を除けば他の署に引けをとらない。

安積は、速水をつかまえて言った。

「須田が大将というのはどういう訳だ?」

「俺の采配が不満か、デカチョウ」

「納得できんな。おまえが最初から勝負を捨てるとも思えない」

「他に人材がいなかった」

「須田以上の選手はいくらでもいたはずだ。強行犯係の中にも、黒木や桜井がいる。何も須田じゃなくても」

「黒木や桜井は貫禄が足りない」

「貫禄より柔道の腕前だろう。須田をさらし者にする気か? あいつが傷つきやすいのを知っているだろう」

速水は、安積を見返して言った。

「前にも言ったような気がするが、須田は傷つくことを恐れてなんかいないさ。いいか？　神南署では人材が限られている。大学時代に柔道をやっていたというやつをようやく四人見つけた。これは戦力になる。しかし、あとはそこそこだ。おまえさんが言った黒木も桜井も、そこそこはやるだろう。だが、それだけのことだ」

「なぜ須田なんだ？」

「俺はあいつのツキに賭(か)けたのさ」

「ツキに？」

「そうだ。あいつはたしかに見かけは頼り無い。だが、他人が決してかなわない一点がある。あいつにはツキがあるんだよ」

「ツキじゃない。須田は人一倍ものごとを深く考えるんだ。そして洞察する。それが結果に表れる」

「あいつが頭を使うのは知っている。だが、それだけじゃない。あんたは近くにいすぎて気づいていないんだ。あれほどツキに恵まれた男はいない。最初に組んだ刑事があんただった。それからずっとあんたの下にいる。それだってツキのおかげだ」

「私と組むことがツキだと言うのなら、いつだっておまえさんと組んでやるぞ」

「冗談だろう。俺は刑事(デカ)なんぞやる気はない。いいか？　うちみたいな弱小の署は普通にオーダーを組んだんじゃ一回戦突破もおぼつかない。賭けが必要なんだよ」

「一か八かということか？」

「そうだ。俺は、強い順に選手を並べた。うまくすれば先鋒と次鋒で五人抜きを狙える。だがそれだけじゃ手持ちの札が弱い。俺はジョーカーが欲しかった。須田が絡むと何かが起きるかもしれない」

安積は小さく何度もかぶりを振った。

「勝ち目のない博打に思えるな」

「まあ、見てろよ」

試合が始まり、なんと神南署チームは速水が言ったとおり一回戦、二回戦を先鋒と次鋒だけで勝ち抜き、ベストエイトに残った。準々決勝の相手は池袋署。大所帯の強敵だ。先鋒が二人抜き、次鋒も二人を抜いた。だが、相手の大将にあっという間に三人倒された。だが、こちらの副将がなんとかその猛者の疲れに乗じて判定勝ちに持ち込んだ。

準決勝進出だ。安積はすっかり驚いてしまった。速水の手腕を認めざるを得なかった。作戦勝ちだ。安積が考えたような無難なメンバーをそろえただけではとっくに敗退していたはずだ。

須田のツキも影響しているのかもしれないな……。

準決勝の相手は築地署。これも強敵だ。試合はもつれ、大将戦となった。敵は名実共に大将だ。実力も貫禄もある。須田は残念ながら敵ではない。

ベストフォー止まりか。

安積は思った。

それでもたいしたものではないか。

須田が開始線に立った。だが、相手の大将が立ち上がろうとしない。審判が集まった。やがて主審が定位置に戻ると須田のほうの手を高々と上げて宣言した。

「赤、棄権により、白の不戦勝」

相手の大将は足を捻挫（ねんざ）していた。これが学生の試合なら無理をしてでも出るところだろうが、怪我（けが）をこじらせたりしたら職務に影響が出る。やむなく相手は棄権したのだ。

須田の幸運を信じないわけにはいかなくなった。

ついに決勝進出だ。相手は渋谷署。隣の署であり、管区が接していることもあり何かと因縁のある署だ。先鋒が力尽きたのか一本負けとなった。なんとか次鋒が二人を倒したが相手の中堅に負けた。中堅は一人抜き、相手の副将を引きずり出したが、そこまでだった。副将戦はもつれて引き分けとなった。また大将戦の勝負となった。

須田はこれまでに一度もコートに上がっていない。相手の大将は、重量級だ。怪我をしている様子もない。どう見ても勝ち目はない。あとは祈るしかない。

安積は速水を見た。速水は腕組みをしてじっとコートを見つめている。その頬（ほお）にかすかに笑みが浮かんでいるような気がして、安積は驚いた。はったりかもしれない。しかし速水は余裕を見せている。こういう場面ではったりをかますことができるのが速水の強みなのかもしれない。

審判が「始め」の声をかけた。

相手は、自信たっぷりに前に出てくる。須田はへっぴり腰だ。身長は相手のほうが十センチは高い。体重は二十キロほど上回っている。須田も太っているが、相手の体重は贅肉ではない。

須田は必死に相手の引手を切ろうとしている。だが、たやすく右袖と奥襟を取られてしまった。

相手が内股にいった。須田の両足が浮いた。だが、相手にしがみつくようにして辛うじて一本は免れた。有効を取られた。

再び組み手争い。やはり簡単に相手に充分な体勢になった。須田はへっぴり腰でなんとか投げられまいとしている。

相手が押してきた、そして引く。揺さぶりをかけているのだ。

さらに押してくる。大外刈りを掛ける体勢だった。須田が後ろに下がった。そのとき足がもつれた。すとんと尻餅をつく。

しまった。

安積は思った。崩されて寝技に持ち込まれたら終わりだ。

だが、相手も慌てているようだった。技を掛けようと押したところで急に手応えがなくなったのだ。しかも、須田は必死に相手にしがみついていた。

相手が前のめりになる。

そのとき、信じられないことが起こった。須田は咄嗟に右足で相手の腹を蹴り上げていた。

真捨て身技の巴投げだった。

相手は空中で体をひねろうとした。しかし及ばず、背中から落ちてしまった。

「一本！」

主審が宣言した。

何と須田が一本勝ちだ。そして、神南署が優勝してしまったのだ。須田は、尻をついたまま茫然としている。何が起きたのかわかっていないような表情だった。

神南署チームの仲間が両手を差し上げ雄叫びを上げている。速水は腕組みのままだった。

その速水が安積のほうを見た。

目が合った。

どうだと言わんばかりに、にやりと笑った。安積は肩をすくめて見せた。

2

一日にして神南署の英雄となった須田だが、翌日にはそんなことは忘れたようにいつもの彼に戻っていた。柔道大会に出場することにもそれほどの関心がなかったように、試合に勝ったことにも関心がない様子で、それよりも、彼の興味は今現在、パソコンのOSのバージョンアップに注がれているようだった。

「殺し屋ですか?」

安積は思わず金子祿朗課長の顔を見つめていた。課長は、安積をデスクのそばに呼ぶと、いきなり用件を切り出したのだ。

「そうだよ、係長。本庁から手ェ貸せと言ってきた」

「どういう経緯なんです?」

「ロシアの貿易商で、ウラジミール・ドミトリという男がこの一ヵ月ほど日本に滞在している。ロシア財界の大物だということだが、本庁によると、こいつはロシアン・マフィアだということだ」

「マフィアが来日して、滞在しているというのですか?」

「あの国の事情はいろいろと複雑でね。滞在に当たっては、ロシア大使館のお墨付きがあるんだとさ」

「誰が殺し屋を雇ったんです?」

「対立する組織の連中だそうだ。何でも一ヵ月ほど前にでっかい抗争事件があり、相手のボスの弟が殺された。手配したのが、ウラジミール・ドミトリで、彼は日本に避難してきたわけだ」

「どこにいるんです?」

「神宮前四丁目のマンションだ」

「殺し屋の人相その他はわかっているのですか？」

「まったくわかっていない。本人が命を狙われていると言っているらしいが、真偽のほどは明らかじゃない。VIPの警護じゃないんで、本庁もそれほど人を割けない。所轄の手を借りたいと言ってきたが、本音はこっちに任せたいというところだろうな」

「生安課か警備課の仕事でしょう。強行犯係が出張（でば）る必要があるんですか？」

「もちろん生安や警備からも人を出させる。協力してくれ、係長。おまえさんのところには、柔道大会の英雄もいることだしな」

「あれは、たまたまですよ。ついてたんです」

「ツキだけじゃ優勝などできんよ。頼んだぞ、係長」

安積は考えた末に、須田・黒木組を伴って本庁主催の会議に臨んだ。ウラジミール・ドミトリという男は、マフィアと言っても、ロシアの官僚に隠然たる力を発揮しているようで、彼の警護に当たっては、ロシア大使館から政府筋の誰かに内密に打診があったということだ。

混沌（こんとん）としたロシアの国情を物語っている。

相手の事情などどうでもいい。

安積は思った。

問題は、人の庭で人殺しをしようとしているやつがいるということだ。管内で発砲事件など起こしてもらいたくないし、ましてや通行人が巻き添えになるなどということは断じて避けなければならない。
パトロールや張り込みの当番を決め、会議が終わった。
「相手は日本の常識では測れない。常時拳銃を携行するんだ」
帰り道の覆面パトカーの中で安積は須田と黒木に命じた。
須田は無言で小さく溜め息をついた。

ミハイル・ナザロフは、ホテルの一室で荷をほどいていた。ジュラルミンのハードケースの中には、さまざまなコイルやネジが詰まっている。商品サンプルとして日本に持ち込んだのだ。細々した部品の中から必要なものだけを選びだす。

さらに、大きな旅行鞄の金属フレームを外した。そのフレームの一部が拳銃の銃身になっているのがわかった。その鞄の四隅を支えている補強材を取り出すと、それが拳銃の遊底やグリップとなっていた。

拳銃はそれ以上は分解できないところまでばらばらにされている。ナザロフは、慎重に銃身の内部を調べ、ライフリングの溝に埃などがついていないのを確かめ、組み立てにかかった。

銃はワルサーＰＰＫを基にして作らせた特別製だ。軍隊にいた頃はマカロフなどの東側の銃を使っていたが、西側諸国ではどうしてもマカロフ弾などの弾丸が手に入りにくい。世界の拳銃の主流は、九ミリ・パラベラム弾になっており、やはり一番手に入れやすいのがパラベラム弾だった。

ナザロフは、拳銃を組み上げると部品の中に混ぜてあったマガジンを取り出した。旅行鞄のフレームはパイプでできており、その中に九ミリ・パラベラム弾が六発入っていた。ターゲットは一人。六発もあれば充分だ。

弾薬(カートリッジ)をマガジンに詰め、グリップの中に差し込んだ。薬室を空(から)のままにして安全装置を掛けると、拳銃をテーブルの上に置いた。

弾丸が入った拳銃が身近にあることで、ナザロフはにわかに落ち着いた気分になった。彼は丸腰でいる不安に耐えられない。それは、これまでの生き方から来ていた。

彼は十八歳のときからソ連の陸軍にいた。信じて疑わなかったソビエト連邦が解体し、彼は軍を辞めなければならなかった。将校の生活を守るために、兵卒の多くが首を切られたのだ。

退役する直前、彼は特殊部隊の軍曹としてアフリカ大陸にいた。そこで実戦を経験し、さまざまな暗殺テクニックを行使した。

軍隊を辞めたとき、他に何も取り得がなかった。ひどい不況でまともな仕事にありつけない。自然に彼はマフィアとの付き合いができ、暗殺を生業(なりわい)にするようになった。おかげでそれまでに見たこともないような外国の街を旅できたし、考えたこともないような大金を手にすることができるようになった。

その代わりに失ったものも大きい。彼は故郷の貧しいが居心地のいい家庭や家族を忘れなければならなかった。

思い出を封印してまでこの仕事にしがみつく必要があるだろうか？　ナザロフはよく自問する。しかし、そのこたえは明らかだった。他に自分を生かす仕事など考えられない。彼は軍人としてはきわめて優秀だった。特に特殊部隊での活躍が目立った。軍隊を辞めた今、彼がその技術を生かす道は暗殺しかないのだ。

ホテルの部屋は居心地がよかった。ロシアの安ホテルにはバスタブがない。シャワーがあるだけだ。ベッドは固く狭い。

このホテルのバスは勢いよく湯が出るし、ベッドは柔らかく、ベッドカバーは豪華だった。東京の中ではそれほど高級なホテルでないことは知っていた。しかし、充分に豪華だし宿泊料は高い。一泊の料金で、故国では一家族が一カ月は暮らせる。

窓から東京の夜景が見えている。ぎっしりと立ち並ぶビル。夜の街は明かりの洪水のようだ。夜だというのに、こんなに明るくしていなければ気が済まない日本人というのはどういう連中なのだろう。

人工衛星から夜の部分の地球を眺めたとき、日本列島だけが輝いて見えたという話を聞いたことがある。

ナザロフは暗い故郷を思い出していた。夜になると街灯も少なく道は暗い。部屋の中も、書物が読みづらいほどに暗い。アフリカも夜になれば真っ暗になる。そのほうが居心地はよかった。東京の街は、まぶしいくらいに明るく、どこか神経症的な気がした。

日本人は膨大なエネルギーを費やして、自分たちの神経を責め苛んでいる。夜の闇を駆逐して、昼と夜の差をなくそうとしているかのようだ。勤勉な彼らのことだから、夜も昼のように働こうというのだろうか。

ナザロフはカーテンの隙間をぴったりと閉じた。部屋の中の照明は最小限にしてある。ベッドの脇にあるスタンドライトだけを灯しているのだ。そのほうが気分が安らいだ。

どんなに豊かでも、東京に住もうとは思わなかった。ここにいたら、たちまち神経をやられそうな気がする。治安が悪かろうが、貧しかろうが、モスクワのほうがいい。ナザロフはそう思った。

3

街角にぼんやりと立っている須田が見えた。本来ならば休憩を取っている時間だ。あたりに警官の姿はない。黒木もいなかった。安積は須田に近づいて声をかけた。

「どんな具合だ?」

「あ、チョウさん。今のところは別に……」

「黒木はどうした?」

「マンションの周りを巡回しています」

「それで、おまえさんはここで何をしているんだ?」

「見張ってるんですよ」

「犯人が来るんじゃないかと思って……」

「犯人がどんなやつか知っているのか?」

「知りませんよ」

「なら、どうやってその犯人を見つけるんだ?」

「物事は難しく考えすぎちゃいけないんです。ロシアン・マフィア同士の抗争でしょう? ロシア人らしい人が近づいてこないかどうか見張っているわけです」

「なるほどな。しかし、ロシア人と言ってもいろいろだ。中央アジアのほうには、日本人と見分けがつかないロシア人がいる」

「それでも何となくわかりますよ。俺、刑事ですよ」

それはそうかもしれない。刑事の眼は挙動不審の者を見逃さない。どんな些細なことでも気にするのが刑事だ。

安積は、須田のそうした能力を疑っているわけではない。しかし、ただぼんやりと立っているだけで犯人を発見できる確率は低い。須田が立っているのは表参道と細い路地の角だ。路地には階段があり、それを下ると問題のマンションへ通じる路地が続いている。

狙われているウラジミール・ドミトリは、プロがやってくると言っているらしい。プロならば、簡単に須田を出し抜いてマンションに近づくに違いない。

「これから、マル対の部屋へ行く。いっしょに来てくれ」

「ここを離れてもいいんですか？」

その言い方が気になった。

「誰かに命じられたのか？」

「本庁の生安の人に……」

なぜだか腹が立った。それを須田に命令したやつは、会議で決まったローテーションを無視して、余分な仕事を須田に強いている。しかも、あまり役に立ちそうにない仕事をだ。

「かまわん。いっしょに来るんだ」

安積は須田を従えて、マンションの玄関までやってきた。マンションの周りには制服を着た警官も配備されている。いずれも神南署の地域課の警官だ。

「ちょっと待て」

玄関の脇にいた背広姿の男が声をかけてきた。耳に受令機のイヤホンを差し込んでいるところを見ると警察官のようだが、見たことのない男だ。年齢は安積と同じくらい。目つきが鋭い。

安積は立ち止まってその私服警官のほうを見た。

「どこへ行く？」

「マル対の様子を見に行く」

「何のために？」

「どんな様子か把握しておく必要がある。それに、顔を確認しておかなければならない。

私はまだマル対の顔を見ていない」

「写真を見ていないのか?」

私服警官は後ろにいた須田のほうを見た。

「君は持ち場を離れたのか?」

須田が何か言う前に、安積が言った。

「私がいっしょに来るように言ったんだ」

「彼には、あそこの辻（つじ）に立っているようにと、私が命じたんだ」

「須田は私の部下だ」

「誰の部下だろうと関係ない」

「申し訳ないが、私はあんたのことを知らない」

「本庁生安部特捜隊の笹村（ささむら）だ。あんたは?」

「神南署刑事課強行犯係、安積」

「ここでは私の指示に従ってもらう」

「このあたりは私の管区（ニワ）だ」

「いいから、私に従っていればいいんだ」

「適切な指示ならば従う。私は必要なことをして、不必要なことをやめさせようとしているだけだ。私はマル対に会う必要がある」

「きさま、どういう権限でそういうことを言っているんだ？」

「ここに来ているほとんどは神南署の署員だ。私には彼らに対する責任があり、暗殺を未然に防ぐ責任がある」

「その責任を負うのは私だ」

「けっこう。神南署と同じ人数を本庁から連れてきてくれ。そうすれば、私はおとなしくあんたの指示を仰ぐことにする」

「話にならん」

笹村はさっと顔をそむけると、背を向けて離れて行った。

「さあ、行こう」

「どうしたんです、チョウさん。機嫌悪いみたいですね？」

「なんだか面白くないのさ。マル対がもし名もない普通の市民だったら、本庁はこんなに大騒ぎするだろうか？」

「どうでしょうね」

「しかも、我々が警護しているのはマフィアだ」

「でも、神南署管内で殺人をやらせるわけにはいきません。そうでしょう？」

「そのとおりだ。さ、狙われているロシアン・マフィアというのがどんなやつか、拝みに行こうじゃないか」

ウラジミール・ドミトリは、それほど背の高くない太った男だった。砂色の髪をしている。眼の色は濃いブルー。アジア人が皆黒い髪をしているのと同様に、スラブの血を持つロシア人はたいてい砂色の髪をしている。

欧米の人々が多彩な髪や眼の色を持つのに対して、その点はアジア人に共通している。

部屋の外に私服が二人立っている。来意を告げると、そのうちの一人が流暢なロシア語でインターホンに話しかけた。短いやりとりの後、ドアが開いた。ドミトリは挑むような眼で安積と須田を見つめた。おそらく誰に対してもそういう態度なのだろう。いかにも偏屈そうな人物だった。

彼は安積を部屋に招き入れようとはしない。安積は、ロシア語を話す私服に言った。

「私は神南署の安積だ。君は？」

「本庁外事一課の山本です。ロシア語ができるというので駆り出されました」

「マル対に尋ねてくれないか。やってくる殺し屋に心当たりがあるのかどうか」

「そういうことはすでに質問済みですよ」

「いいから訊いてくれ」

山本は事務的に質問をした。ドミトリは、苛立った様子で何か言い返した。早口だった。

山本が通訳する。

「誰がやってくるかは知らない。だが、必ずやってくる。そう言っています」

「情報が多ければそれだけ警護がしやすくなる。そう言ってくれ」

また同じようなやりとりがあり、山本が言った。

「情報などない。君たちは私を守ればいい。それが義務だ……」

安積はドミトリを見た。ドミトリは怒りと憎しみのこもった眼で安積をまっすぐに見返した。なんとも付き合いにくい男だ。安積は、ドミトリを見つめたまま山本に言った。

「こう言ってやれ。あんたたちが殺し合いをやるのは勝手だ。ロシア人同士の抗争などに私は関心はない。抗争の尻拭い(しりぬぐ)をする気もない。ただ、私の縄張りで殺人事件など起こされたくないだけだ。あんたを守るのは義務ではない。これはサービスなんだと」

山本はためらっていた。安積はドミトリに背を向けるとその場を立ち去った。山本が通訳したかどうかは確認できなかった。慌てて後を追う須田は何も言わなかった。

玄関を出ると、笹村が恨みがましい眼で安積を見ていた。その眼がドミトリの眼とダブった。

どいつもこいつも……。

「チョウさん」

須田がおずおずと声をかけた。

「何だ?」

「俺、あの人に言われたとおりに、あそこの角に立ってますよ」

「そんな必要はない。会議で巡回のローテーションを組んである。それ以上のことをする必要はないんだ」

「立ってるだけでしょう？　どうってことありませんよ。それで丸くおさまるんですよ。チョウさんが敵を作る必要などありません」

「私が敵を作っていると言うのか？」

「チョウさんがそう思わなくても、向こうでそう思うかもしれませんよ」

安積は急に気恥ずかしくなってきた。今までささくれだっていた気分が鎮まっていく。たしかに須田の言うとおりかもしれない。敵は警察の中にいるわけではない。いつどこからやってくるかわからないプロの殺し屋こそが敵なのだ。

ここで安積と笹村がぎくしゃくした関係になれば警護の態勢に影響が出るかもしれない。それは避けなければならない。

こうして須田に救われたことが、これまで何度あったことか……。

「笹村に一言何か言っておくべきかな」

「それはチョウさんに任せますよ」

安積は笹村に近づいて声をかけた。

「あいつは嫌なやつだ」

笹村は不審げな顔で安積を見ていた。

「日本の警察をボディーガードと間違えている。私は、上層部がそれを受け入れたことに苛立っていた。もしかしたら、あんたも同じじゃないかと思うんだが……」

笹村は、どういう態度を取っていいかわからないようだった。曖昧に肩をすくめた。だが、次の瞬間に態度を軟化させた。

「そのとおりだよ。何で俺たちがこんなことをしなきゃならん」

安積は黙ってうなずき、その場を離れた。須田は先ほどいた角に立ち、再びぼんやりとしていた。まるで瞑想しているように見える。

安積は笹村を観察し、須田がもとの場所に戻ったことに彼が気づいたのを確認した。安積は黒木の姿を探すためにその場を離れた。

4

須田は翌日も、同じ場所に立っていた。それに気づいた安積は須田に近づいて言った。

「また笹村に命じられたのか?」

「違いますよ、チョウさん」

須田は目を丸くした。「ここは、意外にいい場所のような気がしてきたんです。ほら、階段の上に立つとマンションのほうの路地を見渡せます。振り向けば表参道が見える」

「通りを行く若い女性を見ていると退屈しないというわけか?」

「やだな、チョウさん。そんなんじゃありませんよ」

須田はにやにやと笑った。

つまり、須田は居心地のいい場所を見つけたということだ。

安積はそう解釈した。

飼い猫が家の中で居心地のいい場所を見つけたようなものだ。たしかに須田に黒木のような動きを期待するのは無理だ。黒木ならいざというときには歩行者を巧みによけながら歩道を疾走し、歩道橋を駆け登り、塀をよじ登る。

須田は通りの角で瞑想しているのが似合っている。

「私はマンションの周辺を一回りしてくる」

「わかりました」

ドミトリの警護を始めて三日がたった。ヒットマンはいつ来るかわからない。ひょっとしたら、殺し屋など来ないのではないだろうか。ドミトリの妄想ということもあり得る。

せめて、この警護がいつまで続くのか、期限だけでもはっきりすれば気も楽になるのだが……。

夕暮れが街を覆い始めた。気持ちのいい春の夕刻。表参道を行き交うカップルの数が増え始める。平穏な日常。彼らはこれから食事でもしてあたたかな春の夜を楽しむのだ。安積は須田を見た。須田は、ぼうっと街路樹を眺めている。なぜだか無性におかしくなり、安積はくすくすと笑いながら須田から離れて行った。

モスクワはまだ冬だった。しっかりした裏地がついたウール地のジャケットを着ているとかすかに汗ばむほどだ。

日本は春がこんなに早かったのか……。

ナザロフは、腰に着けたホルスターのせいで上着を脱ぐことができなかった。宵の口がチャンスであることを長年の経験で知っていた。深夜はかえって警戒が強くなる。

日が暮れて暗くなったばかりだと、まだ往来に人が多く人に紛れて行動することができる。人々の警戒心もそれほど強くない。また、日中の疲れを引きずっており、集中力が鈍る時間帯だ。

黒いジャケットを着たナザロフは、影のように移動した。表参道を行き交う人込みに紛れる。大切なのは自意識を殺すことだった。これから一仕事するという意識が強すぎると、それは違和感となって表に現れる。うつむき加減で人込みに同化することが大切なのだ。そうすれば実際、影になれる。ナザロフはそれを知っていた。そこが異国の街であり自分が異邦人であってもだ。幸い、東京の街ではアジア人以外の姿も珍しくはなかった。

複雑な計画などない。堂々と玄関から入っていくのだ。ロシア大使館の人間だと名乗るだけだ。いかにも大使館員らしい身分証を用意していた。もちろん本物ではないが、それで充分通用するはずだった。邪魔をするやつは即座に殺す。相手が警官でも関係ない。彼は拳銃を使わなくても、十とおり以上の方法で人を殺すことができる。もちろん素手でもやってのけられる。拳銃はターゲットにとどめを刺すためのものであり、逃亡の際に追手を撃つためのものだ。

表参道からドミトリの滞在するマンションに向かう路地に入った。足取りは落ち着いている。遅すぎても早すぎても警戒の網につかまる。ナザロフは、仕事で仕方なくドミトリのもとを訪れるロシア大使館の下級役人を演じていた。訳のわからない仕事を上司に命じられて不平たらたらで出かけるところだ。彼は、その役になりきり、実際にそういう気分になっていた。

ふと角に人が立っているのに気づいた。心の中で警報が鳴った。さりげなくそちらを見る。

太った小柄な男が立っていた。何をするでもなく、ぼんやりと通りを眺めている。心の中の警戒音が止んだ。男はまったくナザロフに関心を示している様子がない。それに、世界中どこを探しても、こんな警察官や軍人は見たことがなかった。警察官は、どんな体格をしていようと、どんな服装をしていようと必ず独特の威圧感を感じるものだ。弛んだ体つきに間延びした表情。通りに視線を走らせるわけでもない。この男は警察官ではあり得ない。日本の司法組織を詳しく知っているわけではないが、少なくとも警備に当たるような人間ではないと判断した。

その男を無視して通り過ぎようとした。そのとき、声をかけられた。

ナザロフは舌打ちした。

いったい何の用だ。

振り向くと、小太りの男は薄ら笑いを浮かべている。それが愛想笑いだと気づくまでにしばらくかかった。

ナザロフはかぶりを振った。日本語がわからないということを身振りで示したのだ。相手はそれで納得するはずだった。しかし、そうではなかった。だが、こちらを警戒している様子もない。

小太りの男は、無造作に近づき何かをしきりにしゃべっている。

こんな男に関わっている時間はない。

ナザロフは苛立った。懐から贋の身分証を取り出し、英語で言った。

「ロシアン・アンバサダー」

さらに男は何かを話し続けている。ナザロフは珍しく苛立った。もし相手が敵ならば冷静に対処できる。だが、正体のわからぬ行きずりの男にあれこれ話しかけられるのは我慢ならない。

ナザロフは身分証をしまい、男を振り切って歩きだそうとした。男はナザロフの肩をつかんだ。反射的に体に緊張が走った。ナザロフが厳しい表情で振り向くと、男は申し訳なさそうに、ぱっと手を離した。

ナザロフの懐を指さしてしきりに何か言っている。ナザロフはうんざりした気分で再び身分証を取り出した。男は覗き込み、それからナザロフの顔を見て路地の脇の街灯を指さした。どうやら暗くてよく見えないと言っているらしい。

好都合だった。街灯は植え込みのある公園のような路地の脇に立っている。あの植え込みさえあれば、その陰でこの男を眠らせることができる。必要ならば殺してもいい。眠らせるより殺すほうが確実で簡単であることをナザロフは知っている。

ナザロフはうなずいて街灯のほうへ向かった。さりげなくあたりの人影をうかがう。表参道にはあれほど人がいるのに、一歩裏手のこのあたりには驚くほど人通りがない。

ナザロフは街灯の下に着く前にいきなり相手の男の太い首に手を回した。そのまま首を絞めてもいいし、時間がもったいないときは頸椎を折ってもいい。

相手の男は驚いたようにナザロフの手首を両手でつかんだ。慌てたせいで、相手の足がもつれた。よろよろと後退する。

ナザロフは思わず引き込まれた。

次の瞬間、体が浮くのを感じた。

何が起きたかわからなかった。天地が逆転した。

いきなり首に手をかけられた須田は、すっかり度を失っていた。反射的に相手の手を外そうと手首を握った。しかし、その外国人の力は見かけによらず、万力のようだった。

その外国人は、まったくあやしい素振りを見せなかった。しかし、明らかにスラブ人の特徴を持っていたし、目の前を黙って通過させるわけにはいかなかった。

ヒットマンがこんな夕刻に堂々と正面からやってくるはずはない。誰もがそう考えていたし、須田もそうだった。ただ、職務で質問しようとしただけだった。相手はロシア大使館の人間だと言った。ああ、やっぱりな……。須田はそう思ったに過ぎない。身分証を確かめたいが暗くてよく見えなかった。それにキリル文字が並んでおり、内容がまったくわからない。日本語の身分証を持っていないだろうか。そう考えたのだ。

首に手をかけられた須田は、慌てて後ろへ下がった。すべて無意識の行動だった。何かにつまずいた。

よろけて尻餅をついてしまった。すると相手は意外にも無防備に引き倒された。

咄嗟に相手の体を蹴り上げた。

見事な巴投げとなった。柔道大会のときと同じだった。考えてみれば、術科の練習のときから、まともに使えた技は巴投げだけだったのだ。巴投げだけは不思議とうまく掛かった。相手は必ず須田をなめて押してくる。だからこそ巴投げが使えたのだ。

このときも、相手はまったく無警戒だった。地面はアスファルトで、そこに叩(たた)きつけられた相手はただ苦しげにもがくだけだった。須田は慌てて立ち上がった。

したたかな衝撃が全身に走り、ナザロフは息ができなくなった。

全身を固い地面に打ちつけたのだ。腰と肩のダメージが一番ひどい。

いったい何が起きたのだ？

考えている暇はなかった。この失敗は致命的だ。なんとかこの場を逃げ出さなければならない。痛みと苦しみのために自然に体がよじれていく。だが、そのダメージが去るまで待っているわけにはいかない。ナザロフは、右手を動かしてみた。肘(ひじ)をひどく地面に打ちつけていて自由が利かない。一時的に麻痺(まひ)しているだけであることを祈った。骨折など願い下げにしたい。

今度は左腕を試した。なんとかなる。ナザロフは右腰の後ろに左手を回して拳銃を取り出した。そのとき、初めて例の小太りの男が目に入った。

その男はリボルバーを構えていた。

ナザロフは凍りついた。

決定的な失敗は、相手に手を出したことではない。その相手が警備をしている人間であることを見抜けなかったことだと気づいた。

そのとき、ようやく何をされたかわかった。ナザロフは男に投げ飛ばされたのだ。昔習ったサンボにも似たような技があった。

いろいろな男がいるものだ。

相手は、必死の形相(ぎょうそう)でリボルバーをナザロフに向けている。

ひょっとしたら、この男はえらくついているのではないか？

そんな気がした。

戦いに慣れているようには見えない。今も緊張しきっている。たまたま前を通り過ぎようとした男に声をかけ、それがナザロフだったに過ぎないのかもしれない。

だとしたら、勝ち目はないな……。

戦場で何度も死線をくぐり抜けたナザロフは、ツキのあるやつにだけは勝てないということを知っていた。

この男に限らず、日本人はついているのかもしれない。そのツキがこの街の繁栄を呼んでいるのだ。そのツキがいつまで続くかな……。いずれこの国がわが祖国ロシアのような運命をたどらないとは誰にも言えないのだ。

ナザロフは急に何もかもが滑稽に思えた。彼は笑いながら拳銃を捨てていた。

「動くな！」

須田は自分でも驚くほどの大声でそう叫んでいた。相手が拳銃を抜くのが見えたのだ。夢中でリボルバーを抜いて相手に向けた。

どれくらい時間がたったかわからない。相手の外国人は急に笑いだして銃を捨てた。だが、須田はそのまま動かなかった。警戒していたのだ。

一番早く駆けつけたのは、黒木だった。

「須田チョウ。どうしました？」

次にやってきたのは安積だった。安積の声を聞いて須田はようやく全身から力が抜けるのを感じた。

5

「だから言っただろう」

速水がしたり顔で言った。「あいつのツキは何かを起こすんだよ」

「それにしても、プロのヒットマンを捕まえちまったんだぞ」

安積は、あれから三日たった今も信じられない気分だった。

「そういうやつなんだ。あいつは神南署のジョーカーなんだよ」

「話を聞いて驚いたよ。あいつは相手がヒットマンだなんて思わずに声をかけたんだ。今思えば、あそこに立っていたいと言ったのもあいつのツキのなせる業かもしれない」

「狙われていたロシアン・マフィアはどうした?」

「ウラジミール・ドミトリか? どこかへ姿を消したよ。あの住処はもう安全じゃない」

「姿を消した? ノーマークか?」

「本庁の生安だの公安だのがチェックしているだろう。いずれにしろ、私らの仕事じゃない」

「まあ、そうだな」

二人は、原宿駅の脇にある居酒屋でビールを飲んでいた。その日もあたたかな夜で、ビールがうまかった。

そこへ、須田と黒木がやってきた。夜の九時。ようやく一仕事終えたらしい。

「よう、神南署の英雄のお出ましか?」

速水が声をかけると、須田はどうしていいかわからずうろたえているようだった。顔面にたちまち汗を浮かべはじめる。

安積が言った。

「俺の部下をからかうのはよせ」

「からかっちゃいない」速水が心外だと言わんばかりに安積を見つめた。「それにな、あんたの部下であると同時に、俺の手下でもある」

「どういうことだ?」

「総務に申請した。正式に柔道部を作るんだ。須田、おまえも登録しておいたぞ」

須田は立ち尽くしていた。席にも着かず速水を見つめている。

「試合のとき、一回限りと約束したじゃないですか」

「気が変わった。おまえは、逸材だ」

「かんべんしてくださいよ」

須田は悲しそうに首を振り、助けを求めるように安積を見た。

部下

1

刑事課は、二階の大部屋の一画にあり、強行犯係、盗犯係、知能犯係、暴力団係の島から成っている。安積剛志警部補は、強行犯係長の席でいつものとおり書類仕事をしていた。

書類が山のように積まれており、その向こうが見渡せない。その書類の陰で誰かが、この公廨は思ったより狭いな、などと話をしている。

公廨とはまたずいぶん古臭い言い方をするものだと安積警部補は思った。古い人は今も大部屋を公廨と呼ぶ。何でも明治時代の言い方で役所の意味なのだそうだ。こんな言葉が残っているのは数ある役所の中で警察くらいなものだ。

警察には最新の科学捜査と、こうした古いしきたりが同居している。そういえば、デカという隠語も明治時代からのものだそうだ。

誰がそんな話をしているのだろうと安積は思うが、どうしても山と積まれた書類の向こう側を見ることができない。

ああ、村雨に違いないと安積は思っていた。あいつは、妙に古臭いところがある。

安積は仕事に疲れ、屋上で空気を吸おうと立ち上がった。やはり書類の向こうにいたのは村雨だった。その脇を通り過ぎようとすると、村雨が安積に声をかけた。何を言われたのかよくわからないが、妙に偉そうな口調だったので、腹を立てて振り向くと、村雨だとばかり思っていたのは、方面本部の管理官だった。安積は、慌ててそこを逃げ出すように階段に向かった。

署長室や警備課・公安課がある三階を通り越して屋上に出る。そこは神南署で、屋上からは明治神宮や代々木公園の森が見渡せるはずだが、目の前に広がるのは海だった。広い湾で向こう側に街並がかすんでいる。

ああ、やはりなと安積は思っていた。ここからは海が見えるんだったな……。

ふと横を見るとテーブルがあり、そこに別れた妻と娘の涼子がいた。二人は食事の用意ができたと告げている。あ、私は離婚などしていなかったのだ。

安積は心から安堵していた。食卓は慌ただしかった。どうやらこれから朝食のようだ。涼子は学校に遅刻しそうだと言っている。すでに二十一歳になっているはずだが、目の前の涼子は高校生のままだった。遅刻しそうだと言うわりにはのんびりしており、安積のほうが焦燥感を抱いた。

そのとき、遠くから何か不快な音が聞こえてきた。安積はその音が何かわからなかった。ひどく苛々する。

やがてそれが目覚ましの音だと気づいたときには、かつての妻も涼子も消えていた。目の前には散らかったサイドテーブル。その上の目覚まし時計がけたたましい音を立てている。

絶望感が胸に押し寄せてきた。その絶望感の理由はわからない。夢から覚めたときの独特の感覚だ。わずかな感情が増幅されている。

安積は目覚ましの音を止めようと手を伸ばした。そのとたん、水のたまったグラスが床に落ち、さらに週刊誌がその上に落ちた。昨夜、寝酒にウイスキーのオンザロックを飲んだ。グラスの中の水はその氷が溶けたものだ。

うんざりした気分になり、週刊誌を拾う気にもなれない。

枕（まくら）に顔を押しつけたまま今の夢について考えていた。方面本部の管理官が登場していた。今日、管理官の視察がある。それが気になっていたので夢に出てきたのだろう。不思議なことに、安積は今日やってくる予定の管理官の顔を知らないはずなのだが、夢に出てきた人物がその管理官であるとわかった。

部下の村雨とイメージがダブっていた。これは、村雨に対する感情の問題だと感じた。村雨は頼りになる部下だ。しかし、どうも反（そ）りが合わないというか、気に障（さわ）る部分がある。長い付き合いだし、嫌いなわけではない。だが、つい批判的に見てしまうことがある。村雨というのは他人に緊張を強（し）いるところがある。それだけしっかりしているということなのだが、上司である安積もどこか気をつかってしまうのだ。その感覚が、管理官への思いとダブったのかもしれない。

そして、あの海の風景。

あれは間違いなく、かつていた東京湾臨海署から見た風景だ。

私は臨海署時代を懐かしく思っているのだろうか？　警察官の仕事などどこでも似たようなものだというのに……。

そして、かつての妻と娘の涼子……。彼女たちが臨海署から見た風景と共に現れたのはどういうことなのだろう？

安積は枕から顔を上げ、時計を見た。重い体をベッドから持ち上げねばならない。警察官の朝は早い。

署内は朝からぴりぴりしていた。全員が机の上をきれいに片づけるようにお達しがあったし、管理官が現れたら何をしていようとさっと立ち上がって迎えるようにと厳しく言われていた。

須田部長刑事と黒木刑事は、午前中から出かけようとしている。管理官がやってくる前に逃げ出そうという魂胆が見え見えだった。安積は現場の刑事がうらやましくなった。安積もまだ現場へ出ようと思えば出られる役職と階級だった。だが、金子祿朗課長は、何かと安積に管理職の仕事を振ってくる。結局、安積は署に縛りつけられてしまうのだ。

須田部長刑事と黒木は出入り口へ向かった。いつものように黒木は颯爽と立ち上がり、須田はがちゃがちゃと椅子を鳴らして不器用に立ち上がった。

須田は明らかに刑事としては太り過ぎなのだが、それがまた須田らしさだと思えてしまう。同じ部長刑事だが、村雨よりも須田のほうが安積の心を和ませる。

村雨も出かける用意をしているようだ。

「おい、おまえさんも出かけるのか？」

安積は声をかけた。村雨は、杓子定規に言った。

「はい。先日の不審火の件で消防署と証拠の突き合わせをやらなければ……」

村雨は今、連続放火事件を追っている。このところ、神南署管内と渋谷署管内にまたがり計五件の放火と見られる出火があった。いずれも大事には至らなかったが、また放火があったら、今度も小火で済むという保証はない。

「管理官が来るのを知っていて、逃げ出すんじゃないだろうな？」

「そんなこと、考えてやしませんよ。消防署と約束しているんです」

「おい、本気に取るなよ。それで、その不審火も放火の疑いがあるのか？」

「結論はまだ出ていませんが、私は放火だと思っています」

「連続放火魔か？」

「手口その他、共通する部分が多いと思いますね」

安積はうなずかざるを得なかった。

「わかった。行ってくれ」

安積がそう言ったとたんに桜井がさっと立ち上がった。村雨が席を離れるのをじっと待っている。まるで犬のようにしつけられていた。桜井は新米刑事なのでベテランの村雨と組ませている。このコンビは須田・黒木のコンビとあらゆる点で対照的だった。須田は部長刑事としての経験が比較的浅い。それであまり年の離れていない黒木と組ませた。須田と黒木は息の合った仲間という感じだが、村雨と桜井は、明らかに上司と部下、あるいは、親分と子分、もっと言えば主人と犬のような関係だ。

厳しくしつけるのはいい。だが、それが桜井の個性を殺しているのではないかと、安積は常々気にしていた。

桜井はどんどん自閉的になっていくような気がする。発言は減り、ただ村雨に言われるとおりに行動するようになったのではないだろうか？

いずれ、ちゃんと話をしなければならないな。そう思いながらずるずると月日がたってしまった。

「係長、じゃあ、行ってきます」

村雨と桜井は出かけて行った。

急に心細くなった。管理官の視察というのは気が重い。村雨という男はたしかにそういうときには頼りになる。何かと気がつくし、そつのない行動を取る。

警察内のしきたりだとか役所仕事については、須田より村雨のほうがずっと長けているのだ。安積は壁の時計を見た。誰かが文字盤のガラスを磨いたようだ。煙草の脂がきれいに拭き取られている。

午前九時五十分。管理官が到着する予定は午前十時。あと十分だ。課長は朝から三階へ行っている。幹部が何か打ち合わせをしているようだ。幹部がそろって出迎えるのかもしれない。

署長と次長、それに生活安全課と刑事課の課長が管理官を案内して二階の公廨に姿を見せた。その場にいた全員が立ち上がった。

まるで軍隊の閲兵だなと安積は思った。管理官は何事か署長に質問し、署長はそれを二人の課長にあらためて質問する。課長は恐縮した様子で一所懸命説明をしている。

刑事課の金子祿朗課長は、典型的なたたき上げの刑事だ。上司とのやりとりにいつも苦労している。署内でもそのありさまなのだから、方面本部の管理官と話すとなると大変だ。

私はただ立っているだけでいい。課長でなくてよかったと安積は思った。不意に今朝が

髪を短く刈った強面(こわもて)の金子課長が、額(ひたい)に汗を浮かべている。

たの夢を思い出した。

夢の中の管理官がどんな顔をしていたかは覚えていない。だが、明らかに本物の管理官とは違っていた。夢の中の管理官は村雨とイメージがダブっていたのだ。

管理官が安積のほうを見た。そのとき、安積はおやと思った。見覚えがあるような気がした。

偉い人だから、どこかで見かけているのだろう。そう思ったに過ぎない。だが、驚いたことにどうやら向こうも安積のことを知っているようだった。

管理官は明らかに安積の顔を見つめている。さらに、近づいてきたのだ。

「安積君だね？」

管理官は言った。

署長と次長が顔を見合わせている。

「はい、そうです」

「野村だ。久しぶりだな」

「は……？」

安積はしばらく管理官の顔を見つめていた。方面本部の管理官に知り合いはいない。次の瞬間、安積はあっと思った。

「高輪署の野村副署長……」

「そうだ。君が臨海署にいる頃、合同捜査本部で何度か会っている」

「はい。お久しぶりです」

管理官はノンキャリアの経験豊富な人材がなる。主に警備・公安畑の出身者が多いと聞いている。高輪署の後、方面本部へ異動になったのだろう。東京湾臨海署と高輪署は管轄が接していた。合同で手がけた事件も少なくない。というより、臨海署は常に周囲の警察署の助っ人を強いられていた。臨海署の花形は湾岸高速道路網を駆け回る高速パトカー隊だった。刑事課は規模が小さく、実績を上げるのが大変だった。

「その節はいろいろと世話になったな」

この言葉は額面通り受け取っていいのかどうかわからなかった。

「いえ、こちらこそ……」

ここに村雨がいてくれたらと切実に思った。まさか、管理官と直接話をする羽目になるとは思わなかった。もし、まずいことを言ったり不適切な態度を取った場合、村雨がいれば眼(め)で合図してくれる。

「臨海署の安積警部補と言えば、有名だったからな……」

どういう意味だろう？　私はただ淡々と職務を遂行していただけだ。神南署でもそれは変わりない。安積がどうこたえていいかわからず黙っていると、野村管理官が尋ねた。

「どうだ？　神南署の住み心地は？」

「ええ、悪くないです」

これが本心かどうかは、自分でもわからなかった。また今朝の夢を思い出していた。

「そうか？　私は安積警部補には東京湾が似合うような気がするがな」

東京湾が似合う？　それはどういう意味だろう？

「どこの署でも警察の仕事は同じだと思っておりますが……」

「臨海署に戻りたいとは思わないかね？」

「臨海署の刑事課はもうありません。戻るとしたら交機隊ということになりますが、私は刑事という仕事が気に入っています」

「そうだろうな」

野村管理官はほほえむとうなずきかけ、出入り口で待っている署長たちのほうへ去って行った。

　安積は、ほっと安堵すると同時に、今の会話は何だったのだろうと考えた。たまたま知っている顔があったので世間話をするために近づいてきただけなのだろうか？

　管理官たちが姿を消し、二階の大部屋はいつもの雰囲気に戻った。椅子に腰を下ろした安積は、夢に出てきた港の光景を思い浮かべていた。にわかに潮の香りを思い出した。

2

「渋谷署が目撃証言を握っているらしいんですがね……」

　夕刻、村雨が帰ってきて小声で報告した。彼の報告は常に事務的だ。

「放火犯のか？」

「ええ。渋谷署の管内での放火は二件なんですが、実は現場から逃走する人物を見たという人がいるらしいのです」

「どこでその話を聞いた？」

「消防署ですよ。渋谷署の連中も独自に消防署と連絡を取り合っていますから……」

「てっきり私は、おまえさんが渋谷署と協力し合っているものと思っていたんだがな」

「私もそのつもりでしたよ。こちらの手の内はさらしています。でもあっちは、その必要はないと思っているらしいですよ」

「神南署には犯人の身柄を渡したくないということか?」

「いや、私には何とも……」

慎重な男だ。うかつなことは言えないということだ。

村雨は私にも心を許してはいないのだろうかと安積は思った。

「それで、今回の不審火は?」

「消防署とも話し合ったんですがね。連続放火犯の手口と見て間違いないですね」

珍しく断定的な口調だ。村雨がはっきりとそう言うのだからまず間違いないだろう。知り得たあらゆる事実を検討しつくしているはずだ。

「おまえさん、ホシの目星がついているんじゃないのか?」

村雨は、神経質そうに眉根（まゆね）を寄せている。その表情が、彼の用心深さの表れであることを知って久しい。

「ええ、実はかなりの部分まで絞られているんです」

「報告書には何も書かれてなかった」

「私と桜井の独自の見解ですからね。まだ、正式に書類にするようなことじゃありません」

そう言ってから、村雨は探るような眼で安積を見た。「係長に話しておくべきでしたか?」

そうしてほしかったな。

安積はそう思ったが、口には出さなかった。村雨は慎重すぎて、苛々させられることもあるが、結局は彼の判断が正しいことが多い。

それよりも「私と桜井の独自の見解」という言い方が気になった。つまり、村雨だけの見解ではないということだ。二人が話し合ったという意味に解釈できる。

桜井はただ犬のように飼い馴らされているだけではないのか？　二人は、話し合いながら、捜査を進めているのだろうか？

それを訊いてみたかった。しかしなぜかはばかられるような気がした。村雨はよく気がつく男だ。悪くいえば猜疑心が強い。桜井とのことを質問すると、妙に気を回す恐れがある。

そこまで考えて、安積はふと思った。

猜疑心が強いのは私のほうではないのか……。

「いや、いいんだ。話を聞くのは事実がはっきりしてからのほうがいい」

村雨は、さらに眉間に刻んだ皺を深くして言った。

「実を言うと、もう一歩というところなんです。係長に話しておこうかどうか迷っていたところなんですよ」

村雨が珍しく迷いを口にした。ここは何か言っておかなければならない。

「私はおまえさんの判断を信頼している。だが、話を聞いた上で私に何かできることもあるかもしれない」

村雨はやや安堵したように表情を緩(ゆる)めた。それからあらためて表情を引き締めたが、それは考えをまとめるためだということがわかった。

彼は内ポケットから地図とコピーを取り出して安積の机の上に広げた。赤いサインペンでさまざまな書き込みがしてある。極細のサインペンで、いかにも神経質そうな細かな字や印が書かれているのだ。走り書きがひとつもない。すべてきちんとした楷書(かいしょ)で書かれている。

「この○印が、放火の現場です。神南署管内の現場だけでなく、渋谷署管内のものも含んでいます。そして、その脇に書いてあるものが事件の日付です。先日の小火も同一犯のものと考えると、過去の五件の放火と合わせて計六件……」

「○印だけを眺めると、規則性はないように見えるが……」

「事件が起きた順に矢印でつなぐと、こうなります」

村雨は、まるで定規で測ったような矢印を地図のコピーに書き込んだ。

地図上にいびつながら渦巻きが描かれた。安積は思わず村雨の顔を見つめていた。村雨はうなずいた。

「犯人の行動パターンが見えてきます。この渦巻きはほぼ半径一キロの中に収まります。この渦巻きの中心に犯人がいると考えて間違いないと思います」

自分の住処(すみか)や職場の近くに放火するのはばかばかしいと考えるのは、放火する心配のない一般人だ。火事が起これば自分の家や職場に延焼する恐れがある。だが、意外にも放火は犯人の自宅のそばで行われることが多い。

万引きや痴漢、下着泥棒といった他の継続的な犯罪行為と同様に、犯人にはテリトリーがあるのだ。安積はそのことを知っていたから、村雨の判断を疑わなかった。

「そして、この小さな点の印は、我々が聞き込みをやった場所です」

おびただしい数の点だった。地道な聞き込みを続けていたことを物語っている。そしてその点の密度は、最初の放火現場から渦巻きの中心に向かって濃くなっていた。

「聞き込みで有力な情報を得たのか？」

「その前に、放火の日付を見てください」

安積は事件の日付を順に睨(にら)んだが、規則性を見つけることはできなかった。

「何か意味があるのか？」

「最初の事件が、先月の五日。次が十四日、三つ目が二十日。四件目は二十六日で五件目が今月の一日です。そして、六件目が四日」

「おい、私にはわからん。説明してくれ」

「表を作ってみました」

村雨は別の紙を取り出した。それには事件の日付が並んでおり、その間に別の数字が記されていた。

「この数字は何だ？」

「事件と事件の間隔です。最初の放火と二件目の間隔が九日。二件目と三件目の間が六日。

三件目と四件目の間がやはり六日。四件目と五件目の間も六日。そして、五件目と六件目の間が三日です。いずれも三の倍数です」

「犯人の生活パターンに関連があると考えていいな。職業とか……」

「はい。地域課のグリーンカードと聞き込みの結果、この渦巻きの中心にそれに該当する職業の人物が二人いることがわかりました。一人はタクシーの運転手。四十九歳で離婚歴あり。現在は独り暮らしです。近所付き合いはあまりありません。もう一人はソープ嬢。二十五歳で独身。こちらも近所の人とはほとんど付き合いがありません。聞き込みで得た印象だと、この二人は両方ともきわめて疑わしいのです」

なぜ疑わしいのかを詳しく聞く必要はない。村雨がそう言うからには、双方にそれなりに疑うべき根拠があるということだ。

「どちらかが犯人だというわけか？」

「私はそう考えています。しかし、その地図を見てもわかるように、その渦巻きの中心というのが、ほとんど渋谷署と神南署のナワバリの境界線にありまして……。つまり、その二人の容疑者もその境界線の近くに住んでいるのです」

「そんなことは何の問題にもならん。六件の放火のうち四件は神南署管内で起きているんだ。犯人の身柄をうちが押さえても何の不都合もない」

村雨は、額を指でかいた。

「私だってそう思います。ところが、渋谷署の担当者はそう思っていないようで……」

「この渦巻きと犯行の間隔の話は渋谷署の連中にはしたのか？」

「しました。言ったでしょう？　こちらは手札をすべてさらしているんです。私はあくまで協力して捜査しているつもりでしたからね」

安積はあれこれと考えを巡らせた。渋谷署の知り合いの顔が次々と浮かんでは消えた。

「渋谷署は有力な目撃証言を握っていると言っていたな？」

「そのようです」

「つまり、おまえが言うには容疑者は二人。一人は四十九歳の男性。もう一人は二十五歳の女性。その目撃証言があれば、犯人は特定できるわけだ」

「そういうことですね」

「……ということは、渋谷署ではすでに容疑者を絞り込んでいるということになる」

「はい」

村雨は苦い顔をした。「逮捕状を取って乗り込むのも時間の問題でしょう」

「同一の容疑者に対して、二つの逮捕状を請求することはできない。もし渋谷署がすでに裁判所に請求していたら、うちは手が出せないというわけだな？」

「そういうことになりますね。まあ、渋谷署のような大所帯に言わせれば、私らが協力するというのは助っ人を意味しているんでしょうね。臨海署時代と同じですよ」

安積は憤りを覚えた。

そうだ。おまえの言うとおり、臨海署時代はそういう思いばかりしていたような気がする。私も係長としての経験が浅かった。何より手が足りなかったし、新設の警察署ということで旧来の管轄がまだ半分生きているような状態だった。

だが、もう違う。私もそんな思いはしたくないし、部下にもさせたくはない。

犯人の行動パターンを表す渦巻きを見つけたのも、犯行の間隔が三の倍数であることを見つけたのも村雨のはずだ。彼の地図への書き込みや日付の表がそれを物語っている。

安積は村雨に手柄を立てさせてやりたいと心底から思っていた。

「渋谷署へ乗り込むぞ。桜井を連れてこい」

村雨は啞然(あぜん)とした顔で言った。

「乗り込むって、係長……」

「こういうときのために上司がいるんだ。違うか?」

3

渋谷署刑事課強行犯係の小倉正(おぐらただし)係長は、苦笑いを浮かべて顎(あご)をなでていた。安積は腕組みをして小倉係長を見つめている。相手はベテラン刑事だが、階級は同じ警部補。気後れする必要はない。

「いや、安積さん、別に隠し立てしていたとかそういうことじゃなくてね……。打ち合わせのタイミングを逸したというか……。単純な連絡の行き違いなんだ」

言い訳を聞く耳は持たない。

「では、目撃証言のことを教えてもらえますね？」

「もちろんだ。目撃者は二人。一人はスナックの男性従業員。二件目の小火の直後、走り去る不審な人物を見ている。閉店後、ゴミを出しに表に出たときにたまたま目撃したそうだ。もう一人は、無職の若い男。友人と遊んだ帰りに、挙動不審の人物を見ている。その直後、三件目の放火があった。この二人が見た人物の風体は一致している」

「うちの村雨が立てた筋は知っていますね？」

「ああ。たいしたもんだよ。あれだな……、コロンブスの卵ってやつだ。言われて見るとなるほどと思う」

部下をほめられると悪い気はしない。村雨は間違いなく安積の大切な部下だ。

「その二人の目撃者が見た人物の風体が一致しているというのは間違いないのですね？」

「間違いない」

「重要なのは、目撃された人物が女性か男性かという点です」

「わかっている。目撃者の証言によると、髪が長くて膝丈より少し長めのスカートをはいていた。女だよ」

「村雨の説に従えば、おのずと容疑者は絞られますね」

「そのとおりだ。俺たちは容疑が固まったと見ている」

「目撃者の氏名と住所を教えてください」

小倉係長は苦い顔をした。

「安積さん。申し訳ないが、もうその必要はないんだ」

「どういうことです？」

「課長が逮捕状を請求した」

一緒に話を聞いていた村雨と桜井が安積のほうを見た。安積はそれに気づいたが彼らのほうは見なかった。じっと小倉を見据えていた。

小倉は申し訳なさそうな顔で言った。

「俺もまだ時期尚早だと言ったんだがね……。課長は逮捕状には充分だと言って……。なんせ、ほら、事が放火だろう？　一刻も早く容疑者を押さえないと大事に至らないとも限らない」

安積は同じ言葉を繰り返した。

「目撃者の氏名と住所を教えてください」

小倉は不審そうな眼で安積を見た。

「いまさらそんなことを聞いてどうするつもりだ？」

「教えてください」

小倉は、さっと眼をそらすと、どうしようもないというふうにかぶりを振った。彼は、慌ただしく持っていた書類ばさみの中身をめくり、二人の目撃者の氏名と住所を読み上げた。

桜井がすかさずメモを取った。

何か言いたそうな小倉に背を向け、安積は部屋から出た。廊下に出たとたんに、携帯電話が鳴った。

金子課長からだった。

「係長、野村管理官がお呼びだ」

「何です？」

「野村管理官が会いたいと言ってるんだ。すぐに方面本部に行ってくれ」

「捜査が大詰めだと言ってください」

「相手は管理官だぞ。俺にゃとてもそんなことは言えない。捜査のほうは誰かに任せられないのか？」

安積は心の中で舌打ちをしていた。

「わかりました。すぐに向かいます」

「係長。あの管理官と何か訳ありか？」

「臨海署時代に会ったことがあります。当時、管理官は高輪署の副署長でした」

「それだけでご指名か？」

「私に訊かれてもわかりませんよ」

「そうか。まあいい。できるだけ早く行ってくれ」

電話が切れた。

「どうしたんです？」

村雨が尋ねた。

「管理官から呼び出しだ」

村雨はさっと表情を曇らせた。鼻梁(びりょう)の上のあたりが白っぽくなる。彼が緊張したときの特徴だった。

私はいつのまにか、こいつのそんな小さな特徴まで覚えていたのか……。

「今朝の視察で何かあったんですか？」

「さあな。私には心当たりはないが、こちらが意識しなくても相手の気に障るということはあり得る」

村雨は不安そうな顔になった。胃でも痛みはじめたような表情だ。

「冗談だ」

安積は言った。「覚えているか？　高輪署の副署長だった野村さん」

「ええ」

「今朝やってきた管理官というのは、その野村さんだったんだ。ちょっと立ち話をしてな」

「はあ……」

「それより、私は目撃者のところへ行けなくなった。一人でなんとかしてくれるか？」

「ええ。もちろんです。もともと私たちの案件ですからね」

私たちの、と言ったな？　私の案件とは言わなかった。つまり、村雨は桜井を一人の刑事として認めているということだろうか？　桜井がこのところ萎縮してるような気がするので、つい気になってしまう。

「じゃあ、頼んだぞ」

安積は渋谷署を出て、方面本部に向かった。

野村管理官は、安積を会議室とも応接室ともつかない小部屋に連れて行った。中央の低いテーブルをソファが取り囲んでいる。二人はテーブルを挟んで向かい合った。

管理官は親しげな笑顔を向けている。安積は落ち着かなかった。呼び出された理由がわからない上に二人きりで話をしようとしている。

「忙しいところを済まないね」

管理官は茶をすすると言った。

「はい」

安積は正面から管理官を見ていた。

「よくご存じと思いますが、私たちの仕事は時間が勝負です」

管理官は声を上げて笑った。

「安積警部補は、防波堤だと誰かが言ったことがある」

「防波堤？」

「そうだ。上司や外部の圧力から身を挺して部下を守っている」

安積は村雨に対する複雑な感情を思い出して気恥ずかしくなった。

「いえ、そんなことはありません……」

「時間がないことはよくわかっている。回りくどい話は抜きにして、単刀直入に言おう。今朝も話したことだ。臨海署に戻る気はないか？」

「その返事も、今朝申し上げたのと同じです。もし、人事に私の希望が考慮されるのでしたら、私は刑事のまま警察官を終えたいのです」

「もちろんそうだろう」

野村管理官は大きくうなずいた。「私も君には刑事を続けてもらいたい。刑事として臨海署に戻る気はないかと尋ねているのだ」

「は……？」

どういうことかわからなかった。現在、かつての東京湾臨海署はハイウェイパトロールの分駐所となっているはずだ。当然、刑事課はない。

野村は安積の反応を楽しんでいるようだった。

「臨海署が復活するかもしれないんだ」

「復活？」

「そう。臨海副都心構想が頓挫し、臨海署の存在理由がなくなったとして、一度は縮小されたが、昨今、台場には放送局ができたり、若者向けの施設が増えたりで、流入人口が増加してきた。加えて、湾岸道路は東関東自動車道を通じて成田空港につながっている。国際的な犯罪も増えつつある。臨海署を再開してはどうかという意見がある。幸い建物はかつてのまま残されている」

「そういう噂があるのは知っていましたが……」

「臨海署が再開されたときには、私が署長として赴任することになりそうだ。もちろん、正式な辞令はまだまだ先のことだが、私としては優秀なメンバーをそろえたい」

安積は困惑した。ようやく神南署に慣れたところだ。この地域に愛着も生まれつつある。

だが……。

今朝の夢を思い出していた。なぜかひどく懐かしい気がした。臨海署は、プレハブと言っていいくらいの安普請だ。内部にも階段があるが、安積はおもに外にある非常階段を利用していた。ときおり、その鉄製の階段の途中で潮の香りを強く感じることがあった。風向きのせいだったのかもしれないし、あるいは気分のせいだったのかもしれない。

安積はその潮の香りをもう一度吸い込みたいと感じていた。

「しかし……」

安積は言った。「警察の人事で、私の希望が考慮されるとは思えません」

「そう。だから、これは内々の打診だ。君の気持ちを確かめたい」

内々の打診というのはどういうことだろう？

安積が臨海署に行きたいと言えば、野村管理官が何とかできるという意味なのだろうか？

安積は警察で長く働いているが、そうした一種政治的なことには人一倍疎かった。

「臨海署から神南署に移るとき、強行犯係はほとんど同じメンバーでした」

「知っている」

「個人的な気持ちを言わせていただいてよろしいですか?」

「けっこうだ。本音が聞きたい」

「なるべく今の部下たちとは離れたくありません。正式な異動となれば仕方がありませんが、希望を言わせていただくなら、今のメンバーと別れて一人で臨海署へ行く気にはなれません」

野村管理官は、安積を見つめて吐息とともに言った。

「なるほど……」

それから、しばらく口を開かなかった。

安積は野村管理官が何か言うまで待つしかなかった。

管理官は何かを考えていたが、何を考えているか安積にはわからない。

ひょっとしたら、これは名誉なことなのかもしれない。管理官から直々に一緒に働こうと言われたのだ。出世を考えればチャンスということなのかもしれない。

しかし、安積の気持ちは揺るがなかった。警察に限らずどんな組織にも二つのタイプの人間がいる。上司に可愛がられるタイプと部下に慕われるタイプだ。それはなかなか両立しない。

安積はできるなら部下のほうを選択したかった。

やがて、野村管理官は言った。

「君の気持ちはよくわかった。忙しいところ、時間を取らせて済まなかったね」

話はこれで終わりだった。その後の処遇がどうなるのかまるでわからない。おそらくは、今までと変わりないのだろう。そう思うことにした。余計なことに煩わされたくはない。

方面本部を出るとき、ふと潮の香りがしたような気がした。そんなはずはない。ここは山の手の街中だ。

そして、安積はまた今朝の夢を思い出していた。

4

神南署に戻ったのは午後七時頃だった。安積が席に着いた直後に村雨から連絡が入った。

「係長。これから放火の容疑者の自宅を訪ねようと思います」

「渋谷署の連中と一緒か？」

「渋谷署は、もう一人の容疑者のほうへ行っています」

村雨と桜井は、渋谷署が逮捕しようとしている容疑者ではないほうに会いに行くということか……。

「もう一人の容疑者だって？」

「ええ。渋谷署では、二十五歳の女性、榎本ゆかりの逮捕状を請求していました」

「二人の目撃者が女性だと言っていたんだろう。当然だろうな」

「でも、桜井がね……」

「桜井がどうした？」

「いや、確かなことがわかったらまた連絡します」

「応援の必要はないのか？」

「だいじょうぶです。それじゃあ……」

電話が切れた。

桜井がどうしたというのだ？　安積は気になった。村雨の慎重さが、またしても安積を苛立たせていた。

四十九歳のタクシー運転手のほうを訪ねるというのはなぜなんだ？　村雨は、渋谷署が握っている目撃証言が決め手だと言っていた。その目撃証言は、容疑者が女性であることを示していた。

男性の容疑者のほうを訪ねるのは、何か目算があってのことならいいがと安積は思った。渋谷署の連中が、無理やり男性容疑者のほうへ村雨たちを向かわせたのではあるまいな……。

念のためのチェックというやつだ。だとしたら、あまり報われない仕事ということになる。刑事の仕事などは報われないことの連続だ。こうした苦労を厭うてはいられない。しかし、今回、容疑者を絞るにあたっては村雨が大いに尽力したはずだ。

その村雨を外れくじのほうに追いやったというのだろうか……。

安積はひそかに腹を立てていた。

だが、はっきりしたことはまだわからない。憶測で腹を立ててもしかたがない。安積は自分を落ち着かせようとしていた。

それにしても、桜井がどうしたというのだ？

村雨のやつ、言いかけてやめることはないだろう……。

書類仕事をしていた須田部長刑事が、安積のほうを見ているのに気づいた。苛立っているところを見られるのが何だか気恥ずかしく、安積はすぐに眼をそらしてしまった。

とにかく、連絡を待つしかない。安積は目の前の書類に集中しようとした。

それから三十分間、何の連絡もなかった。こちらから電話をかけてみようか。安積がそう思ったとき、廊下のほうがにわかに騒々しくなった。

安積は何事かと出入り口のほうに眼をやった。須田がゆっくりと同じ方向に視線を向けた。すでに黒木刑事はそちらを見ていた。

まず制服を着た内勤の警官の姿が眼に入った。警官は二人おり、何かの手助けをしているようだった。

その警官たちが姿を消すと、入れ代わりに村雨の姿が見えた。村雨ひとりが部屋に入ってくる。

その姿を見て安積は何があったかをすぐに悟った。いつもきれいに櫛(くし)が通っている村雨の髪は乱れていた。定規で測ったようであるはずのネクタイはひどく曲がっている。捕り物があったに違いない。

いったいどういうことだ？　村雨は犯人ではないほうのタクシー運転手を訪ねたはずじゃないか……。

村雨は安積の机の脇にやってくると、いつになく興奮した様子で言った。

「容疑者の身柄を拘束しました。今、桜井が取調室に連れて行きました」

「容疑者？　それは二十五歳の女性のことか？」

「いえ、四十九歳男性です」

「どういうことだ？」

「こっちがホンボシなんですよ」

やけになって、渋谷署とは別の容疑者を無理やり引っ張ってきたわけではあるまいな。

「何だって？」

須田と黒木も村雨に注目していた。

「桜井が、妙だと言いだしましてね」

「何がだ？」

「二人の目撃者は髪が長くてスカートをはいた人物だったと証言した……、渋谷署の係長はそう教えてくれました。そして二人に絞った容疑者は男と女……。私たちは当然、女のほうだと思ってしまったのです」

「おい、要点を言ってくれ」

「目撃証言の風体が容疑者の女性のものと一致しないのではないかと、桜井が言いだしたのです」

「風体が一致しない？」

「ええ。容疑者だった榎本ゆかりの髪はこのへんまでしかなく……」

村雨は自分の肩の耳の下数センチのところに手を持っていった。「ボブって言うらしいですね、ああいうヘアスタイル。ストレートですが、長いというほどではありません。私も最初はそれが重要なこととは思っていませんでしたが、桜井が谷口孝志に会いに行ってみようと言いだしまして……」

「谷口孝志？　もう一人の容疑者のことか？」

「そうです。それで二人だけで訪ねてみたんです。谷口は自宅におりまして、私たちが警察だと名乗ってドアをノックすると反対側の窓から逃げ出す気配がして……」

「追跡して身柄を押さえたというわけだな？」

「ええ。部屋を調べたら、長い髪のかつらとスカートなど女性用の衣服がありました」

「谷口孝志が女装をして放火をしたということなのか？」

「その点をこれから取り調べるんですがね。すっかり観念した様子ですから、すぐに自供するでしょう」

「そのかつらとスカートはどうした？」

「令状がないんで持ってきませんでしたよ。明日にでも令状を持ってあらためて捜索します。係長、逮捕令状と捜索ならびに押収の令状をお願いします」

その言い方がいかにも村雨らしかった。

「わかった。明日裁判所の窓口が開いたら一番で手配しよう」

「これから桜井と二人で取り調べをやります。それほど時間はかからないでしょう」

安積がうなずくと、村雨は乱れた髪をなでつけながら部屋を出て行った。

「お手柄ですね」

須田が言った。

「ああ。地道な努力をする者には天が味方するということかな」

「村雨のやつ、うれしそうでしたね」

「そりゃそうだろう。渋谷署を出し抜いての手柄だからな」

「いや、そうじゃなくてね、チョウさん……。あいつ、桜井の手柄がうれしいんですよ」

「桜井の手柄が……?」

「容疑者の自宅を訪ねてみようって言ったのは桜井なんでしょう?」

言われてみればそうだ。土壇場での一発逆転は、桜井の一言があったからだと村雨は言っていた。

村雨は自分の手柄だとは一言も言っていない。桜井のおかげだという言い方をしていたことに、安積は今気がついた。

そして須田に言わせれば、村雨は桜井の手柄であることを喜んでいるらしい。

本当にそうなのだろうか？　だとしたら、安積は村雨のことを誤解していたことになる。村雨は村雨なりに桜井に対して思い入れがあるのだ。村雨が桜井をむやみに抑えつけているのではないかという安積の心配は、杞憂だったのかもしれない。

村雨が言ったとおり、谷口孝志はすぐに自供した。景気が悪く、業績は伸びない。タクシー会社はきびしいノルマを課してくる。暴力的な傾向が強まり、数年前に妻が家を出て行った。それ以来、谷口の生活は荒れていた。ある日、投げ捨てた煙草の火が捨ててあったトルエンか何かに引火して燃え上がった。それがきっかけだった。彼は火を見て快感を感じたのだった。

女装癖があったわけではなく、目撃されたときのために変装して放火に出かけたのだという。

その日は夜遅くまで送検のための書類作りに追われた。強行犯係全員が手分けをした。すべて片づいたときにはすでに深夜の十二時を過ぎていた。

全員くたびれ果てていたが、村雨が朝までやっている焼肉屋を知っているので繰り出そうと言いだし、出かけることになった。村雨が音頭を取るのは珍しいことだ。

今日の村雨の働きには労ってやるだけの価値があると安積は思っていた。

乾杯すると、村雨は大ジョッキのビールを瞬く間に飲み干した。その後もピッチが早い。

珍しく酔って陽気になっていた。

「桜井がね、逃げる容疑者にこう、タックルしたんですよ。飛びついてね……。後ろから、こうですよ。見せたかったな……」

村雨は身振り手振りで話した。桜井は照れて苦笑している。

その後も、村雨は酔って「桜井がね」と何度も繰り返した。心底うれしそうだった。

桜井の扱いのことで余計な話をしなくて本当によかった。安積はそう思っていた。いまさら言うまでもないが、村雨はやはり信頼できる部下だった。

翌日、令状が下りると身柄を押さえていた谷口孝志を正式に逮捕し、村雨と桜井は証拠物件を押収しに谷口の自宅へ向かった。

送検して一件落着だ。

安積は事件解決後の解放感を味わっていた。ほんの一時の安らぎではあるが、刑事にしかわからない気分だ。

そこに電話が入った。野村管理官だった。

「昨日の話だがね……」

管理官は言った。「今の部下と一緒なら、臨海署に来てくれるという意味に解釈していいね?」

安積は驚いた。

「そんなことが許されるとは思えませんが……？」

「臨海署から神南署に移るときはそうだったのだろう？　一度許されたことだ。また認められても不思議はない。なにせ、臨海署員の人選はまだ白紙の状態だ」

安積には理解しがたかった。野村管理官は、どうしてそんな無理をしようとするのだろう。だが、悪い気分ではない。誤解であれ買いかぶりであれ、評価されるのはありがたいことなのかもしれない。

安積は言った。

「今の部下となら、どこへでも行きます。それが正直な気持ちです」

「どうなるかわからんが、この件、私に任せてくれるかね？」

昨日の朝見た夢の気分がよみがえった。懐かしさと安堵感。勤務地を選ぶつもりはなかった。だが、やはり、私は台場に戻りたいと感じているのだろうか……。

安積は胸の中にまたしても満ちてくる潮の香りを意識しながら言った。

「はい。お任せします」

シンボル

1

明け方の街は化粧が落ちた年増の娼婦（しょうふ）のようだと言ったやつがいる。

ネオンの化粧がはげ落ち、それまで闇（やみ）に隠されていた都市の汚物が朝日にさらされる。

安積警部補は、寝不足で青白い顔をした同僚たちを眺め、おそらく自分も同じような顔をしているのだろうと思っていた。

路地裏の小さな駐車場。車が四台ほど入るスペースがあるに過ぎない。ビルを建てるには狭過ぎる。宅地にするには高過ぎる。土地の持ち主（ぬし）は仕方なく月極（つきぎ）めの駐車場にしているに違いない。

その駐車場にロープが張られ、周囲ではさまざまな服装の男たちが一様に憂鬱（ゆううつ）そうな顔つきで仕事をしていた。パトカーが二台に覆面車が二台来ていたはずだが、路地が狭く現場まで入って来られたのは、機動捜査隊のバンだけだった。早く到着した者の特権だ。

機動捜査隊の面々は思い思いの私服姿だが、耳に受令機のイヤホンを差し込んでいるのですぐにそれとわかる。ブルーの出動服を着ているのは神南署の鑑識係員だ。彼らはチョークとカメラ、メジャーや指紋採取のキットなどを手にしきりに動き回っている。彼らの動きが一番きびきびしているように感じられる。やるべきことが多いからだろうと安積は思った。それと彼らの熟練がそう感じさせるのだ。

強行犯係のメンバーはそれぞれに役割をこなしている。須田・黒木組は機動捜査隊員から事情を聞いているし、村雨・桜井組は青いシートをめくって鑑識係員と何やら話し合っている。

その青いシートの下には若い男の死体があった。

おそらくは未成年だろう。朝まで渋谷や原宿の街にたむろしている連中の一人に見えた。長い髪を茶色に染めている。オーバーサイズのシャツをジャケットのように羽織り、膝（ひざ）までしかないズボンをはいている。流行り（はやり）のスニーカーに流行りの時計。

安積は、駐車場の周囲を見回した。狭い路地。竹下通りの裏手に当たり、ビルの壁面が道を挟んでいる。それを抜けるとまた小さな店舗が並んでいる。地下にはライブハウスや酒場がある。

クラブと呼ばれる店はめっきり減ったと言われている。この辺りの流行りすたりは早い。

駐車場はちょうど細い路地の曲がり角にある。乗用車が二台にワゴン車が一台、ミニバンが一台駐車しており、被害者はそのミニバンの背後で発見された。

ひどいありさまだった。顔が原形をとどめないほどに腫（は）れており、唇が切れていた。鼻が曲がっているところから、おそらく鼻梁（びりょう）が折れているだろうと鑑識係員が言った。

着ているものは血まみれだった。鼻血、唇からの出血もあったが、大半は腹から出血したものだった。

検死の結果を待たなければならないが、おそらく刃物で腹を刺されており、それが致命傷になったのだろう。

安積は金子祿朗課長が近づいてくるのを見つけた。

外股で肩を怒らせて歩いてくる。ここにいる係員の中で一番やる気がありそうに見える。

「おう、殺しだって？」

金子課長は真っ先に安積のところにやってきて言った。

安積はうなずいた。

「被害者の推定年齢は十七歳から二十歳。ひどく殴られています。全身の様子はまだわかりませんが、おそらく全身に打撲の跡があるでしょう。腹を刺されているようで、致命傷はそれだと思います。身元を証明するものは何も身につけていません。財布もなし。おそらく抜き取られたのだと思います」

「抜き取られた？」

金子課長はぎょろりと大きな眼で安積を睨むように見つめた。「金目当ての犯行か？」

「それも考えられますが、被害者の身元を隠すために抜き取ったとも考えられます」

「身元を隠すため？　まったく捜査の邪魔をしやがって……」

「それが犯人の目的でしょうね」

「だが、そんなことをしてもあまり意味がない。せいぜい少しばかり時間が稼げるだけだ」

「犯罪者の多くは素人です。警察の捜査能力がどの程度のものか知らない」

「小賢しいガキどもがやりそうなことだな」

「殴る蹴るの暴行の果てに腹を刺したんだ。夜の街角にたむろしているガキどもの仕業と考えるのが妥当じゃないのか?」

「おそらくはそうでしょうが、予断は禁物です」

「わかってるよ、係長。それで、手掛かりは?」

「第一発見者は、このミニバンの持ち主。寿司屋の店員で、夜明けごろ仕入れに出かけようとここへやってきて異臭に気づいたのです」

「死後どれくらい経っている?」

「詳しいことはまだですが、おそらく四時間から六時間というところでしょう」

「……とすると、殺されたのは真夜中か……。目撃者が出るかどうか……」

「希望はありますよ。このあたりは真夜中も人通りがありますからね」

「わかった。今朝は一番で次長と話し合うが、本庁との合同捜査本部を作ることになるかもしれん。署に戻ったらくわしい報告を頼む」

　安積はうなずいた。

「なあ、係長……」

「何です?」

「あんたがいなくなったら、俺はどうやっていけばいいのかわからなくなる」

安積は思わず周囲を見回していた。

「私がいなくなる？　それはどういうことですか？」

「ベイエリア分署が復活するって話、俺だって聞いていないわけじゃねえ。野村管理官に引っ張られているっていうじゃねえか」

安積は心底驚いていた。課長はどこからそういう情報を得るのだろう。

いずれにしろ、まだ正式な話はされていない。

「そういう噂もあるようですが……」

「俺はな、係長、ずっと現場でやりたいほうなんだ。だが、課長ともなると上との折衝やら何やらの仕事が増えちまう。俺はおまえさんのほうが俺よりずっと課長に向いていると思っているんだがな……」

「それはとんだ誤解ですよ」

「まあいい。俺は署に戻る。後は頼んだぞ」

「はい」

金子課長は通りの向こうへ歩き去った。現場から署までは少々あるが歩けない距離ではない。課長はたたき上げの刑事なので歩くのを苦にしない。徒歩で署に戻るのだろうと安積は思った。

その後ろ姿が妙に淋しげに見えて、安積の心が少なからず痛んだ。金子課長は安積のよき理解者だった。

ベイエリア分署か……。

安積は思った。

なつかしい言葉だ。かつて、安積がいた東京湾臨海署は、通称ベイエリア分署とも呼ばれていた。

日本の警察に分署という組織はないが、台場にあった臨海署があまりに規模が小さいために、そう呼ばれていたのかもしれない。あるいは、花形だったハイウェイパトロールの分駐所と混同されたのかもしれなかった。いずれにしろ、マスコミが使いはじめた言葉でいつしかそれが警察組織内でも定着していた。

臨海分駐所が再び警察署として復活するという噂が流れはじめたのは最近のことだ。もし古巣に戻れるのなら、それは悪くない気分だった。安積は台場が気に入っていたし、バラックのような仮造りの庁舎も今となってはなつかしい。

だが、神南署に愛着がないわけではない。特に金子課長には感謝していた。つくづく上司に恵まれたと思っている。金子課長は徹底した現場主義で、捜査に政治的な問題を決して持ち込もうとはしなかった。

官僚的な圧力の防波堤になってくれるのだ。それが何よりありがたかった。警察にはいろいろなタイプの人間がいる。金子課長は安積にとって尊敬すべき警察官の一人だった。

出会いがあれば別れもある。警察官は任地を選べない。

安積はそう思い、気持ちを現場の捜査に戻した。

2

捜査は急展開した。

免許証が入った被害者の財布が発見されたのだ。きっかけはまたしても須田のツキだった。須田は聞き込みに回るついでに、管内の交番で情報収集をしていた。彼は神南署の管轄からはみ出し渋谷署管内の交番にまで顔を出していたのだ。

ある渋谷署管内の交番に清掃業者から届け出があった。児童会館脇の公園のごみ箱に財布が捨てられていたという。

清掃業者が財布を発見するというのも幸運なら、発見した業者がそれを交番に届けるだけの善意の持ち主であることも幸運だった。

どういう手品を使ったのか、須田は渋谷署管内の交番からその財布を署に持ち帰った。

免許証は被害者のものに間違いなく、すぐさま身元の確認が取られた。被害者の名前は、間島等。十七歳の無職だ。身元がわかれば鑑取り捜査が進む。間島はあまり家には寄りつかず、友人の家を転々としていたようだ。仲間と一緒に渋谷のセンター街や井ノ頭通りあたりに夜な夜な遊びに出ていたということだ。

彼らは常に五、六人で行動しており、対立グループもいた。

その対立グループの溜まり場が現場近くの『ブロンクス』というスナックバーだ。『ブロンクス』に村雨と桜井が行って取り調べたところ、昨夜遅くに喧嘩があったということだった。その喧嘩の原因が被害者の間島であることが判明した。

女を巡るトラブルが発展したのだということだ。

店の者は喧嘩だと言ったが、事実上はリンチに違いなかった。間島は一人で対立グループの連中に連れ込まれたのだ。対立グループの身元を割り出すのにそれほど時間はかからなかった。神南署の生活安全課にも彼らの資料があった。少年係にマークされていたのだ。すぐさまそのグループの構成員を手配し、深夜には全員検挙した。捜査がとんとん拍子に進んだので、本庁との合同捜査本部の必要もなかった。

間島にリンチを加えたのは全部で四人。腹を刺したのはメンバーの一人で、山内俊樹という十七歳の少年だ。

山内は最初にナイフを出したのは間島のほうだと主張した。それを奪って夢中で刺したのだという。

どうして最近の少年というのは加減を知らないのだろうと安積は思った。少年の思慮のなさに腹が立つ。キレるという言葉が流行語になったが、冗談ではない。自分をコントロールできないというのはそれだけ精神的に弱いことを物語っている。すべて少年たちの精神をひ弱に育ててしまった大人たちの責任ではないか……。

「係長……」

村雨が難しい顔で席に近寄ってきた。何か問題があるらしい。

「検挙した少年グループの中に、原島昭次というのがいましてね……」

安積は、机上にある書類を確認した。原島昭次、十八歳。職業の欄は空欄だ。警察の書類でこうした書き洩らしがあるのはきわめて珍しい。

「どうかしたのか?」

「マスコミが喜びそうなネタでして……」

「つまりは面倒事というわけか」

「はい」

村雨の眉間の皺が深くなった。この世のトラブルを一人で背負っているような顔つきだ。

「原島昭次はCDを出していましてね。ちょっとした人気者だということです」

「CD? プロのミュージシャンということか?」

「はい。何ですか……、ヒップホップやら何やらというようなやつで……」

「プロのミュージシャンがリンチに加わっていたというのか?」

「いや、もともと原島は渋谷あたりで深夜にうろついている非行少年グループのリーダーだったらしいんですがね……。アマチュアバンド時代にCDを出していたらしくて……。インディーズとか言うらしいですね。クラブに出入りしていた時代にDJと仲良くなってそのつてでCDを出したらしいのですが、それがなかなか評判がよくて、メジャーデビューを果たしたと……。まあ、こんな事情だったようです」

ヒップホップ？　インディーズ？　クラブ？　メジャーデビュー？

安積は眉をひそめていた。

村雨はいつからそんなことに明るくなったのか？　彼の若者文化に関する知識など、私とたいして違わなかったはずだ。安積はそう思っていた。

村雨は勉強熱心なのかもしれない。安積はそう思っていた。単に杓子定規なだけではないのだ。その点はちょっと見直さなければならないな……。だが、そのほとんどが若い桜井からの受け売りなのかもしれない。安積はそう考えることで自分を慰めようとした。

「マスコミが注目するくらいの有名人だということか？」

「ええ……。ヒップホップというのはどうやらニューヨークあたりの不良が始めた若者文化で、音楽だけじゃなく美術やファッションも含んでいるんだそうです。美術と言っても、街角の落書きみたいなもんですがね……」

「それで『ブロンクス』か……」

「ええ。原島はやはりチームだのリーグだのギャングだのと言っている不良グループに圧倒的な人気があったということです。カリスマ性もあって、つまりは不良どもの代弁者のような役割だったんですね。……で、最近のマスコミというのは、そういうのをどちらかというと好意的に取り上げがちなんです」

「警察としては憂慮すべき時代だな」

安積はそう言いながらも、別の事を考えていた。少年犯罪でしかも人気のあるミュージシャンとなると、マスコミの対策が難しくなる。

それでなくても少年犯罪は微妙なのだ。生活安全課の少年係は、全件送致主義をかざして、いち早く容疑者たちを家庭裁判所に送ろうとするだろう。

だが、刑事として言わせてもらえば、ろくな取り調べもせずに送致してしまうから証拠不充分などの事態に陥ってしまうのだ。少年犯罪も普通の刑法犯と同じくらいに勾留期間が認められ、その間の証拠固めを充分にできれば、裁かれるべき少年たちがちゃんとした刑事責任を追及されるはずだった。

安積は思わずうなった。

「わかった」

一つ深呼吸をしてから言った。「その件については、課長と相談しておく。おまえさんは、サツ回りなんかに情報が洩れないようにうまく段取りをつけてくれ」

「箝口令(かんこうれい)ですね。わかりました」

そういう仕事をやらせると、村雨ほど頼りになる男はいない。

村雨が去っていくと、安積は課長の席に近づいた。金子課長は上目遣(うわめづか)いに安積を見ている。

「何だ、係長。悪いニュースのようだな」

「ええ……。そのようです」

安積は、村雨から聞いた話をかいつまんで説明した。ヒップホップだのインディーズだのという話は割愛した。

話を聞くうちに、金子課長はどんどん不機嫌になっていった。

「おい、係長。俺にどうしろってんだ？」

「私にもわかりません。次長と打ち合わせをしたほうがいいでしょうね。すでにマスコミは原島が逮捕されたことを嗅ぎつけているかもしれません」

「これは緊急記者会見をやって、マスコミの過熱を抑えたほうがよさそうだな」

「はい」

金子課長は見るも哀れなくらい憂鬱そうな顔つきになった。

「頼みがあるんだがな……」

どんな頼みかだいたい想像がついた。

「何でしょう？」

「これから次長のところへ行って打ち合わせをする。あんたも同席してくれ」

「それはかまいませんが……」

金子課長は立ち上がった。

何でこんな目にあわなきゃならんのかと、世の中を怨んでいるような表情をしている。

気持ちはわからないでもない。

安積も同じ立場に置かれたら泣き言の一つも言いたくなるだろう。

三階の次長席のそばにはいつも新聞記者がいる。まず、落ち着いて話せるところへ移動しなければならなかった。

「すんません。ちょっとお話が……」

金子課長が言うと次長は金子と安積を交互に見て、すぐさま立ち上がった。金子課長の態度から外に洩れてはまずい話だと判断したようだった。

「会議室があいている。そこへ行こう」

次長は三階にある小さな幹部用の会議室へ向かった。部屋に入ると、金子課長が事情を説明した。

次長はじっと話を聞いている。ロマンスグレーをオールバックにしている。五十代だが腹が出ていない。想像ができないくらいに節制しているのだろう。剣道の高段者で、かつては全国大会にも出場したという。

警察署では対外的な責任をすべて次長が負っている。

「要点は二つだな」

次長は冷静に言った。「少年犯罪である点と、マスコミの有名人である点」

「はい」

金子課長がうなずいた。「原島に関してはそれが微妙に絡み合っていますね。少年犯罪は氏名を公表しないのが通例です。しかし、マスコミは原島の氏名を発表したがるでしょう。もし、名前を出さなくてもテレビのワイドショーなんかが取り上げれば誰のことかすぐにわかってしまいます」

次長は安積のほうを向いた。

「どう思う？」

「すでに原島が逮捕されたことをどこかが嗅ぎつけているかもしれません。先手を打つべきでしょう」

「記者会見か？」

「はい。そこで、次長からマスコミ各社に原島の件の報道を自粛するように強く要請すべきだと思います」

「いつまで口を封じておけると思う？」

「そう長くはないでしょう。二、三日だとしてもこっちは大助かりですよ。その間に関係資料をそろえることができます。家裁に送るまでの間だけでも静かにしていてもらえれば……」

「それで、この事件に関しては刑事課が処理するのか？　それとも生活安全課に預けるのか？」

　安積は断固とした態度で言った。

「もちろん、刑事課が最後まで担当すべきだと思います。殺人事件なのです。いったん家庭裁判所に送られたとしても、すぐに検察に送致されるでしょう。つまり、刑事課の案件だということです」

「わかった。少年係にはそのように話しておこう。すぐに記者会見の準備をする。金子課長、同席してくれ」

「わかりました」

「他に何かあるか？」

金子課長はちらりと安積を見てから首を横に振った。

「いえ。ありません」

次長がうなずいて立ち上がり、出口へ向かおうとしたが、ふと立ち止まり、安積に言った。

「ちょっといいかね？」

「は……？」

金子課長は次長と安積を交互に見ていたが、やがて、気づいたように言った。

「じゃあ、俺はこれで……」

金子課長が出ていくと、次長は言った。

「先日、野村管理官に呼ばれたそうだね」

「はい」

居心地が悪かった。別に安積はよこしまなことをしているわけではないが、妙に後ろめたい気分になったのだ。

だが、次長はそのことで責める気はなさそうだ。次長はうなずいてから言った。

「ならば、もう耳にしているだろうな。臨海署のことだ。どうやら正式に警察署として復活するようだ」

次長は探るような眼で安積を見ている。安積はさらに居心地の悪さを感じた。

「その噂は聞いています」

「野村管理官が署長で行くことになるらしい」

「管理官もそのようにおっしゃっていました」

「誘われたのだろう？」

安積は一瞬、しらばっくれたくなった。しかし、それが意味のないことだとすぐに思いなおした。

「はい」

「それで、どうこたえたのだね？」

「今の部下と一緒に働きたいと言いました。しかし、それはあくまでも私個人の希望であって、それが警察の人事の中で認められるようなことではないことはよくわかっています」

次長は深呼吸をした。溜め息だったのかもしれない。

「管理官にくれと言われれば、嫌とは言えない」

どういうことだろう？

安積は慎重になった。ここは何も言わず、説明を待ったほうがいい。

次長はあらためて安積を見た。

「うちとしては、強行犯係がそのまま抜けてしまうのはかなりの痛手だ。しかし、渋谷・原宿は一時期の状況よりずっと落ち着いてきている。代々木公園に毎夜外国人が大勢集まることもなくなった。低年齢化、凶悪化しているといわれる少年犯罪も、こと神南署管内でいえば一時期よりも減少傾向にある。もともと、このあたりは凶悪犯罪の少ないところだ。安積班にはもっとふさわしい場所があると考えるのが妥当なのかもしれない」

「警察官である限り、どこであっても任務の重要さは同じだと思います」

「君らしい言い方だ。しかし、同じ警視庁の所轄でも、激務を常に強(し)いられているところとそうでないところがある。西新井(にしあらい)署と綾瀬(あやせ)署の管内はやたらに犯罪が多い。そこで両署の管轄を分割する形で竹の塚署が新設されたのはついこのあいだのことだ。この神南署はそれほど忙しくはないと本庁からは見られている」

「それは実績が少ないからでしょう。私たちの責任です」

次長はかぶりを振った。

「そうでないことはわかっている。渋谷署との境界線が、微妙なところを走っている。児童会館の前の通りだ。犯罪が渋谷署と神南署の管轄にまたがることが多い。そうなると、後発の神南署の立場は弱い。どうしても老舗(しにせ)で大所帯の渋谷署の実績になりがちだ。それは刑事の責任ではない。君たちが決して暇でないことも知っている。だが、本庁の判断にはさからえない」

「どういうことでしょう」

「神南署の規模が縮小されることになった。署員を三十人ほど減らされることになったんだ。私と署長はそれについての参考意見を提出しなければならない」

「参考意見？」

「異動についての参考意見だ。そこでだ、私としては、君に神南署に残ってほしかったのだが、管理官と話がついているというのであれば、諦めなければならない」

安積は辛い立場になった。

いっそのこと、こういう根回しなどなしに辞令を出してほしいとも思った。警察官である限り命令ひとつでどこへでも行くし、残れと言われるのなら残る覚悟もできている。

「別に話がついているというわけではありません」

安積は言った。「たしかに将来臨海署が復活したら、一緒にやらないかとは言われました。私はさきほど言ったように、今の部下と一緒に働きたいと言っただけです」

「縮小される神南署は、刑事の数も削らなければならないだろう。そうなると、強行犯係からも誰かを削らなければならないかもしれない」

それは辛いが仕方のないことだ。警察官である限り、ずっと同じ顔ぶれで仕事をしていくことはできない。

「私は人事に関して口出しできる立場ではありません。次長にも同じことを申し上げるだけです。あくまでも個人的な希望として、今の部下と一緒に仕事をしたい。それだけです」

次長はしばらく無言で安積を見つめていた。隙のない紳士だ。だが、したたかな警察官であることは間違いない。

やがて次長は言った。

「忙しいところを済まなかった。さて、私も記者会見の準備に取りかからなければ……」

次長は部屋を出ていった。

人間生きていればそれだけ迷いが増えるということか……。安積はそんなことを思いながら会議室を出た。廊下に金子課長が立っていた。安積を待っていた様子だった。すでに次長は席に戻っているようだ。

「例の話だろう?」

金子課長は言った。次長と何を話したのか気になるらしい。ごまかしてもはじまらない。

「ええ、臨海署のことです。どうやら本当に復活するらしいですね」

「それで?」

「私は、正直な気持ちを話しただけです。できれば今の部下と一緒に働きたい。そう言いました」

「上司はどうなんだ?」

「もちろん今のままでいられるならそれに越したことはありません」

それしか言いようがなかった。臨海署に戻るというのは魅力的な話だ。しかし、金子課長との関係はそれ以前の上司とでは考えられないくらいうまくいっているのだ。

「そうか……」

金子課長は言った。「まあ、それ以上は言えねえよな……。俺はいつまでもあんたにいてほしいんだがな。そうもいかねえようだ。今日だって、あんたがいてくれて助かったんだ、係長。俺一人じゃ、あんなにスムーズに次長とのやりとりは進まない」

「そんなことはないはずです」

「どうも、役所仕事ってのは苦手意識が先に立っちまってな……。おっと、俺はこれから記者会見だ。じゃあ、送致の資料は頼んだぞ」

「はい」

　金子課長は次長席のほうへ歩き去った。

　正式な辞令が出るまで何も考える必要はない。

　安積は席に戻った。すぐに村雨が近づいてきて小声で尋ねた。

「原島昭次の件、どういうことになりました？」

「次長と課長が緊急に記者会見をやる。少年犯罪であることを強調して報道の自粛を呼び掛ける」

「どこかが抜きたがるでしょうね」

　村雨は心配性だ。いや、それだけ慎重だということか。刑事には必要な資質かもしれない。

「そのときはそのときだ。原島昭次のことは次長や課長に任せておけばいい。私たちは四人の少年を殺人の容疑で取り調べればいいんだ」

　村雨はうなずいたが、納得したわけではなさそうだ。その態度が気になったが、安積はあえて無視して机上の書類に目を落とした。

3

　深夜遅くまでかかって資料をそろえ、くたくたで引き上げた。

翌日の朝、署に出てきて安積はびっくりした。神南署の周囲を若者たちが取り囲んでいる。髪を染めたり、短く刈ったりした少年が目立つ。耳にピアスをつけ、奇妙な恰好をしている。大人たちが顔をしかめるような服装ばかりだ。

まるでライブハウスか何かの前で集まっているような感じだ。

それを撮影するテレビ局のカメラが数台。ワイドショーのレポーターらしい連中がマイクを手に、あちらこちらで何事かわめきたてている。

地域課の警官がそれを困惑顔で整理していた。安積は、警官の一人に眼でうなずきかけて玄関に入った。

「外の騒ぎは何です？」

安積は課長の席に近づいて尋ねた。金子課長は苦い顔をしていた。

「スポーツ紙が抜きやがってな……」

課長は机の上に新聞を放り出した。派手なカラー写真と大きな見出し。

『抵抗のシンボル、逮捕！』

真っ赤な文字でそう書かれている。

「実名が出たのですか？」

「イニシャルだけだが、記事の内容から誰のことかすぐにわかるようだ。スポーツ紙に載ったということでワイドショーに歯止めがきかなくなった。今朝の早朝のワイドショーで流れた。これも実名はなしだが、ファンにはすぐにわかる内容だった。その証拠が署の前の人だかりだよ」

「記者会見の効果がなかったということですか？」

「大手の新聞各紙は自粛している。四人の少年が殺人の容疑で捕まったと報じただけだ。問題は芸能人を追うスポーツ紙とワイドショーだ。あの連中の商魂を甘く見ていたよ」

　もっと他の手を打つべきだったということか？　あるいは逮捕の際にもっと慎重にやるべきだったのだろうか？

　安積は考えた。

　いや、捜査は充分に慎重だった。少年事件ということで、逮捕の際もいつも以上に気をつかったはずだ。逮捕の段階で、容疑者が有名人であることに気づくはずもなかったのだ。それとも、刑事たるもの人気のある芸能人くらいすべて頭に入れておかねばならないということなのだろうか？

　部下たちのやり方に落ち度はなかった。安積はそう結論を下した。何かが間違っていたのだとしたら、それは安積の対処の仕方だった。村雨はそれを危惧（きぐ）していたのだろう。

　そんな安積の心を見透かしたように金子課長が言った。

「係長、俺たちは何も間違ったことはやっていない。刑事の仕事は何だ？　犯人（ホシ）を挙げることだ。気にすることはねえよ。これがもし問題になるとしたら、世の中のほうがおかしいんだ。そうだろう？」

　安積がどう言おうか考えていると、机上の電話が鳴り課長が出た。金子課長はさらに苦い表情になっていった。

電話を切ると、大きく溜め息をついて安積を見た。

「どうしました?」

「本庁が慌てているらしい。どうして事前に原島のことを連絡しなかったのかと言っているようだ」

「本庁に連絡すれば、もっと他の手が打てたと思いますか?」

「思わねえな。だが、知らないうちにこういうことになったのが面白くないのかもしれない」

安積はうなずいた。強行犯係の面々がやってきて、何やら話をしながら安積と金子のほうを見ている。

金子に言われたことをそのまま彼らに伝える必要があると思った。つまり、私たちが間違っているわけではないということを……。

課長の机を離れようとすると、付け加えるように金子課長が言った。

「野村管理官が来るそうだ」

安積は振り向いた。

「管理官が? この件でですか?」

「そのようだ」

「方面本部の管理官が刑事事件を指揮するのですか? 管理官というのは警備案件を指揮するものと思っていましたが……」

「時には刑事事件にも口を出すさ。まあ、どういうことになるかわからんが……」

「任せるしかありませんね。私たちは指示に従うだけですよ」

金子課長は安積をしばし見つめ、かすかに笑ってみせた。

「そう言われて、俺も気が楽になったよ」

安積は部下たちのもとへ行くと、言った。

「いろいろと雑音があるが気にするな。私たちは、殺人容疑の資料をくっつけて四人の少年をまず家庭裁判所に送致する。そのことに専念すればいい。いつもどおりのやり方でいい。あとのことは上の者に任せる。いいな」

須田がしかつめらしい顔でうなずいた。

黒木はまったくいつもと変わらない。村雨は何か言いたげだったが、結局何も言わなかった。桜井はただ村雨に従っている。

いつもの安積班だ。これでいい。安積は思った。

課長が足早に三階に向かった。

野村管理官が到着したということだ。安積はそうした動きをなるべく無視しようとしていたが、どうやら上の連中はそれを許してはくれなかったようだ。

次長から電話がかかってきて、三階に来るように言われた。安積が席を立つと、須田が心配そうにそれを眼で追った。

幹部用の小会議室には、野村管理官以下、署長、次長、金子課長、それに生活安全課長、警備課長が顔をそろえていた。安積はさすがに緊張した。

安積は出入り口で直立していた。

神南署の面々は厳しい顔をしている。

野村管理官が安積に言った。

「今回の殺人事件に関して、現場の意見を聞きたい」

安積はそっと深呼吸してから言った。

「きわめて凶悪な少年犯罪だと思っています。被害者を刺したのははずみだったと容疑者は証言しておりますが、その誘因は容疑者グループのリンチであることは間違いありません。彼らの殺意を認めることができると思っております」

原島昭次のことについては触れるつもりはなかった。

野村管理官はうなずいた。

「それでいい。原島昭次の件に関してはその刑事事件とは別個と考えていいと思う。これは警備案件だ」

「警備案件?」

「警察の捜査活動に対する妨害があれば、それを排除するのも警備部あるいは警備課の仕事だ。それについては私に任せてもらう」

安積は思わず署長以下神南署の面々を見回していた。彼らは何も言わない。

「了解しました」

安積は言った。「よろしくお願いします」

野村管理官がかすかに笑みを浮かべたので安積は驚いた。

「安積君。これで私は君に貸しができたような気がするんだがな……」

何を言いたいかは明白だった。

次長や課長にもその言葉は伝わったはずだ。

安積は何も言わず一礼して会議室を出た。


それからほどなく、神南署の周囲を機動隊が固めた。報道陣は遠ざけられ、集まってきていた若者も近寄れなくなった。

ものものしい雰囲気の中、原島昭次ら四人の少年は家庭裁判所に送られた。事件が手を離れ、安積はほっとしたが、野村管理官の一言が心に引っかかっていた。

疲れ果てた刑事たちが帰宅していき、当直の須田だけが残っていた。こんなときの当直が須田だというのも、神仏の計らいかもしれない。

「おい、須田」

「はい、チョウさん」

須田は何かを命じられると思ったのか、必要以上に反応した。

「おまえ、臨海署のこと、どう思う?」

「どうやら本当に復活するらしい。臨海署に戻りたいか?」

「そうですね……。チョウさんが行くんなら行きたいですね」

須田はあっさりと言った。

「他の連中はどうだろうな? 例えば、村雨とか……」

「みんな同じですよ」

あっけらかんとした口調だったが、その言葉がひどくうれしかった。

「だといいがな……」

「野村管理官に声をかけられているんでしょう?」

「知っているのか?」

「そういう話は早く伝わりますよ」

「実は戸惑っているんだ。なぜ、管理官が私なんかをほしがるのか……。他に優秀な刑事はたくさんいる」

須田はふと仏像のような顔つきになった。何かを真剣に考えているときの表情だ。

「おそらくシンボルがほしいんじゃないですかね」

「シンボル?」

「ええ。原島昭次ね……、彼は、若い連中の抵抗のシンボルだったんですよ。だから、どんなに問題があろうとマスコミは彼を取り上げようとした。野村管理官は、復活する臨海署に何か芯が一本ほしいんでしょう」

「私がシンボルだというのか？」

「そうですよ。ベイエリア分署のシンボルはハイウェイパトロールだけじゃありません。チョウさんは間違いなくベイエリア分署のシンボルだったんですよ」

　須田のその言い方に安積はうろたえてしまった。それ以上何を話していいかわからず、安積は帰り支度を始めた。

　須田に、後は頼むと言い残し、廊下へ出ると、課長が三階から下りてくるところだった。

「よう、係長。帰るのか？」

「はい」

「今回は参ったよな」

「でもなんとか片づきました」

「俺もな、いろいろと考えたよ。いつまでも、おまえさんに甘えてちゃいけねえな」

「甘えているのですか？」

　金子課長はにやりと笑った。

「ああ、そうだ。おまえさんがいるとどうしても甘えちまう。ここはひとつ俺も大人になって、役所の人間関係ってやつを勉強してみようかと思う」

「私は課長にはずいぶんと助けてもらっているのです」

「臨海署の課長ともうまくやっていけるといいな」

「まだそういうことは……」

「いいって、係長。気をつかうことはない。野村管理官にあそこまで言わせて断ったら男がすたるぜ。俺は喜んで送り出すぜ」

まだ、辞令が下りたわけではない。こういう場合どうこたえていいのかわからず、安積はもごもごと挨拶をして課長と別れた。

一階へ行くと、今度は交通課の速水に呼び止められた。

「おい、デカチョウ。少しはレポーターにサービスしたらどうだ?」

「何だって?」

「今朝のワイドショーだ。おまえさんが仏頂面で玄関に入るところが映っていたぞ」

安積はかぶりを振った。

「ひとつ訊いていいか?」

「何だ?」

「昔の話になるが、ベイエリア分署のシンボルと聞いて誰を連想する?」

「もちろん、俺だ」

そうだろうな。

安積は何だか急に気分が軽くなり、くすくすと笑いながら神南署を後にした。

巻末付録特別対談

第五弾

今野 敏×黒谷友香

テレビドラマ「ハンチョウ」で
女性刑事役を演じた黒谷友香さんと
今野敏の特別対談！

――安積班シリーズの新装版刊行にあたり、作品にゆかりの深い方々との対談をお届けしています。今回ご登場の黒谷友香さんはとりわけ特別な存在と言えるのではないでしょうか。

今野敏（以下、今野）　そうですね。このシリーズが初めてテレビドラマ化された際（「ハンチョウ」TBSテレビ、二〇〇九―二〇一一年）、ドラマオリジナルのキャラクターとして水野真帆という女性刑事が安積班の一員として登場したんですが、それを演じてくださったのが黒谷さんなんですよね。

黒谷友香（以下、黒谷）　懐かしいですね。私はシーズン4まで務めさせていただきました。

今野　原作となったのがこの『神南署安積班』でした。そのドラマを見て、これはレギュラーにしなくてはいけないと思ったんですよ。

今野 敏（作家）

黒谷　そう思ってくださったのが本当に嬉しくて。そういう作家さん、いらっしゃらないんじゃないですか？

今野　『烈日』（二〇一〇年刊）から水野真帆をメンバーに加えましたが、テレビドラマから小説のレギュラー人物を作ったのは私も初めてです。

黒谷　でしょう！　小説を読んで思ったのは、女性のキャラクターとして新聞記者の山口さんがいらっしゃるから、先生はあえて女性の刑事を登場させなかったんだろうなと。

今野　というより、警察が舞台だと頭の中は男しか浮かばないんですよ。

黒谷　でも、先生の小説に登場する女性って魅力的ですよ。

今野　いや～、女性のことはわかりません（笑）。

黒谷　そんな先生が水野真帆をどんな風に描いてくださったのか。やっぱり気になりましたから、すぐに読みました。そうしたら、馬に乗るお話もあって。これも大感激でした。

今野　「逃げ水」という短編ですね。水野は乗馬が趣味という設定ですが、それはやはり日頃（ひごろ）から馬を愛する黒谷さんが投影されているわけです。

黒谷　どんなお話かは『烈日』でお確かめいただくとして。でも、今でも不思議な感じです。私を見た先生が起こしてくださった人物が小説の中で生きているなんて。

今野　それだけ印象的だったんですよ。いまや、安積班に欠かせない一人です。

――登場人物のドラマからの逆輸入は異例としても、映像化が与える執筆への影響はそれだけ大きいということですか。

黒谷友香（俳優）

今野　私の場合、やる気になります。ドラマが好きなので、自分の作品が映像化されるのはとっても嬉しいんです。完パケをもらうと夢中で見ていますよ。

黒谷　俺の小説と違うなぁと思うことはないのですか？

今野　いや、そんなことはまったく。一視聴者として楽しんでいます。ただ、見終わった後に文句を言うことはありますけど。

黒谷　ほら、やっぱり！

今野　それは、自分の小説と違ううんぬんではなく、ドラマとして面白いかどうかということです。ドラマを作る人と作家って、勝負だと思うんです。黒谷さんのような役者さんも含めてね。いかに勝負してくれているか。そういう観点で見ています。

黒谷　なるほど。安積班シリーズのように原作のあるドラマに出させていただく時は、作家の方との信頼関係が大切だと感じながら演じていますが、今のお話を伺って改めてその思いが強くなりました。

今野　そう、信頼関係なんですよ。信頼しあわないと預けられないというのは確かにあります。ただね、本として面白いのと、ドラマとして面白いというのは別。安積班もそのままやってもダメで、水野真帆がいたからドラマも成功したと思っています。女性が一人加わることで華やかさが生まれましたよね。

黒谷　そう言っていただけると嬉しいです。私にとっても面白い経験でした。安積班に女性の刑事が混ざっているとしたら、どうなるんだろう。そんな想像を場面場面で巡らせながら本を読む機会が得られましたから。

今野　私もね、水野真帆を書く時は、常に黒谷さんをイメージしているという面白い経験をしています。

黒谷　ええー？

今野　小説を書く時、映像化されているものは一回頭の中から消すんですよ。

黒谷　私は先生の小説を読み出すと、安積さんも村雨さんも共演した役者さんの顔が自然に浮かんでしまうのですが、ドラマをご覧になった方々もきっと同じだと思います。でも、先生はゼロにできる。凄いですね。作品を生み出している側だからできることなんでしょうね。

今野　なかなかゼロにはできないですよ。でも、なんとかして引きずらないようにしないとそれまでと変わってしまうのでね。私に言わせれば、安積も村雨も格好良すぎるんですよ。

黒谷　それはしょうがないですよ。皆さん、本当に格好いいんだから。

今野　だからこそ、真っ先に消さないといけないんです（笑）。「消す」と言いましたが、それは顔がないということ。あるのは表情だけです。

黒谷　例えば、眉間にしわが寄っているとか、伏し目がちだとか、そういうことですか？

今野　そうです。実際、小説の中でも顔の造作に触れることはありません。そうすると読者は思い思いに想像してくれる。それでいいんです。でも、唯一水野真帆だけは顔がある。それが黒谷さんなんですが、なぜか水野真帆として存在している。

黒谷　もしかして、今日もドラマのようなスーツ姿のほうが先生のイメージだったかしら（笑）。

今野　初めてお会いしたのが〝水野真帆〟と〝今野敏〟という形でしたから、私にとって黒谷さんはいつお目に掛かっても水野真帆ですよ（笑）。

――ドラマをきっかけに、お二人は交友を重ねてこられたそうですね。

黒谷　ええ。現場は時間が限られていることもあって、ゆっくりお話もできませんでしたので、親しくお付き合いさせていただくようになったのはドラマが終わってからですよね。

今野　黒谷さんのお芝居を見させてもらったりしています。

黒谷　この間は金沢まで奥様と一緒に足を運んでくださって。取材旅行のついでに寄ってくださったのかと思ったら、わざわざ来てくださったと聞いて驚きました。

今野　東京公演を見逃してしまったのでね。まぁ、黒谷さんの追っかけみたいなもんですよ。もともと舞台を見るのは好きですし。そういえば、コロナの影響で演劇界も大変だったんじゃないですか。

黒谷　ええ。ようやく落ち着いてきたところです。

今野　また一緒になにかできたらいいですね。黒谷さんとは夫婦役をやったこともありましたね。上川隆也（かみかわたかや）さん主演の映画「二流小説家」という作品で。

黒谷　先生、なんでもお出来になるから。

今野　いやいや。上川さんから映画に出てもらえませんかとお話をいただいた時は、とんでもないとお断りしたんです。でも、相手役が黒谷さんだと伺って、やります！と。

黒谷　それは光栄です。先生の役者ぶりはなかなかですから、映画もぜひご覧いただきたいですね。作家さんの素顔に触れるだけでなく、意外な一面に出会えるかも。

今野　意外なのは黒谷さんですよ。軽トラを運転されたり、乗馬倶楽部（クラブ）の建物などもご自分で作られたんですよね？

黒谷　ええ。DIYしてます。

今野　そんな軽いものじゃないでしょう。とても本格的で、大工と言っていいくらいだ。

黒谷　マイインパクト持ってます（笑）。

――女優さんで自分専用の電動ドライバーを持っているというのはあまり聞いたことがありませんね。

黒谷　二十五、六年前になりますが、人と馬、動物と植物が共存できるというコンセプトの乗馬倶楽部を作りたいと始めたのがきっかけなんです。何もないところからのスタートだったので、廃材などを利用して仲間と一緒に庭や建物などを少しずつ作ってきましたから、自然と腕も上がったのかもしれません。

今野　乗馬倶楽部にあるトレーラーも素敵ですね。

黒谷　アメリカから船で運んできたのですが、一九五二年製のものなので独特の味わいがあって、お気に入りの場所でもあります。

今野　そこで本を読まれている姿を見ましたが、これが絵になる。

黒谷　私の読書好きは母譲りかもしれません。その母が、実は先生の大ファンで、新刊が出るたびに「面白かったでー」って、興奮しながら電話してくるんです（笑）。

今野　それは嬉しいですね。

黒谷　小説に水野真帆が登場した時も、「あんた、凄いことやでぇ」「そんなんあるんやねぇ」とビックリしていました。

今野　わかってらっしゃる（笑）。では、お伝えください。水野真帆は作品の中でこの先も生き続けると。

黒谷　どういうことですか？

今野　安積班シリーズは私が最初に書き始めた警察小説のシリーズ作品なんですね。やはり愛着があるんです。ですから、ライフワークとして書き続けていこうと決めています。となると、水野真帆も登場し続けることになる。

黒谷　うわぁ、ありがとうございます！　あれ、私が「ありがとうございます」と言うのもおかしいのかな。

今野　生みの親だけのことはある。まるでおかあさんだ（笑）。

黒谷　いつもうちの娘がお世話になって……。でも、そんな気持ちです。ぜひ、これからもよろしくお願いします。

今野　今日お会いして、水野真帆を主役にしたスピンオフを書きたくなりました。

黒谷　その時は執筆のお手伝いとしてお茶汲みでもなんでもします！　それくらい、私にとっては大事にしたいキャラクターですので、皆さんにも愛していただけると嬉しいですね。

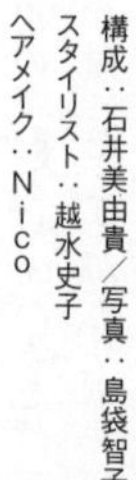
構成：石井美由貴／写真：島袋智子
スタイリスト：越水史子
ヘアメイク：Ｎｉｃｏ

本書は、ケイブンシャノベルス（一九九八年十一月）を底本とし、
二〇〇一年十二月にハルキ文庫にて刊行されました。
二〇二二年四月に改訂の上、新装版として刊行。

ハルキ文庫

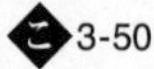

じんなんしょあずみはん
神南署安積班 新装版

著者 こんの びん
今野 敏

2001年 12月18日 第一刷発行
2022年 4月18日 新装版第一刷発行

発行者 角川春樹

発行所 株式会社角川春樹事務所
〒102-0074 東京都千代田区九段南2-1-30 イタリア文化会館

電話 03 (3263) 5247 (編集)
03 (3263) 5881 (営業)

印刷・製本 中央精版印刷株式会社

フォーマット・デザイン 芦澤泰偉
表紙イラストレーション 門坂 流

ISBN978-4-7584-4470-5 C0193 ©2022 Konno Bin Printed in Japan
http://www.kadokawaharuki.co.jp/ [営業]
fanmail@kadokawaharuki.co.jp [編集] ご意見・ご感想をお寄せください。